50대 신문기자의
트레일 러닝 이야기

어쩌다
100km

50대 신문기자의 트레일 러닝 이야기

어쩌다 100km

2021년 10월 15일 초판 1쇄 발행
2021년 12월 3일 초판 2쇄 발행

지은이   임재영
펴낸이   김영훈
편집   김지희
디자인   이지은, 사이시옷, 부건영
마케팅   강지인
펴낸곳   한그루
            제주특별자치도 제주시 복지로1길 21
            전화 064-723-7580   전송 064-753-7580
            전자우편 onetreebook@daum.net 누리방 onetreebook.com

ISBN 979-11-90482-79-0 (03810)

값 15,000원

50대 신문기자의
트레일 러닝 이야기

어쩌다
100km

글·사진 **임재영**

우연? 아니면 필연?

어떤 인연인지 확답하기 어렵지만, 상상조차 하지 못한 일들이 내 인생에서 펼쳐지고 있다. 100㎞ 이상을 걷고 달리는 모습은 꿈에서도 없었다. 지금은 현실이다. 더구나 대학 졸업 후 책상머리에 앉는다는 생각을 지운 지 오래였는데, 요즘 한라산 연구를 하려고 박사과정을 밟고 있다. 스스로 대견하다며 토닥토닥하고 있다.

여기까지 오는 데 결정적인 전환점은 두 가지로 여겨진다. 하나는 '걷기'였다. 걸으면서 건강을 회복했고 100㎞ 레이스에 도전하는 기초가 됐다. 또 다른 하나는 아내가 건넨 책 《시크릿》이었다. 책을 정독하는 스타일이 아니어서 크게 기억에 남는 책이 없는데 이 책만큼은 잔상이 뚜렷하고 오래 남아있다. 미국 방송 PD인 론다 번이 쓴 이

책의 요지는 긍정적인 생각과 간절한 믿음이 만났을 때 강력한 힘을 발휘한다는 것이다.

반신반의하면서도 실행을 하다 보니 긍정의 힘을 조금씩 느끼기 시작했다. 점차 긍정에 대한 믿음이 강해졌고, 대인관계나 업무에서 부정적인 단어를 쓰지 않으려고 했다. 긍정과 간절한 소망, 그리고 감사의 마음을 일상에 담으려고 했으며 지금도 운동뿐만 아니라 다양한 분야에서 노력하고 있다.

간절하게 소망하고 원하다 보니 생각이 깊어졌다. 내가 두드려야 열린다는 사실을 새삼 깨달았고, 천릿길도 한 걸음부터였다. 도전하고, 시행착오를 겪고, 경험해야 완주가 가능했다. 몸은 정직했다. 내가 흘린 땀의 양만큼 갈 수 있었다.

《시크릿》 내용처럼 간절히 원하면서 운동을 하다 보니 어느새

100㎞ 레이스가 가능한 몸이 됐다. 물론 겨우 완주하는 수준이지만 그래도 기초적인 운동법을 터득한 점이 기특했다. 이때 '공유'라는 단어가 가슴속 깊이 새겨졌다. 운동법을 몰랐을 때의 갑갑함과 답답함이 나 혼자만은 아닐 듯했기에 노하우를 함께 나누고 싶다는 생각을 했다.

해외 대회에 나가고 싶어도 참가 방법 등을 몰라서 내게 문의하는 운동 고수들도 여럿이었다. 사하라사막마라톤 등 권위 있는 세계 울트라 트레일 러닝 대회 완주 소식이 알려지자 강연 요청도 들어왔다. '그 나이에 그런 도전'은 대단하게 여겨졌고, 사람들은 이유와 과정이 궁금했던 것이다. 이런 다양한 정보를 공유하고 싶었다. 책을 펴낸 이유다. 내 경험과 더불어 운동법, 대회 참가 요령과 실제 준비물, 국내외 트레일 러닝 추세 등을 담았다.

목표로 정한 세계 10대 울트라 트레일 러닝 대회 가운데 7개 대회를 완주했다. 이 중 2개 대회는 한국인 최초 완주라는 기록을 세웠지만 결코 혼자의 노력이 아니었다. 회사의 배려와 더불어 대회 참가 물꼬를 트는 데 결정적 역할을 해준 지원사, 경비를 보탠 친구, 건강식을 챙겨준 식당 사장님, 완주를 걱정할 때마다 할 수 있다고 격려해준 동료, 응원을 아끼지 않은 트레일 러너들…. 이분들 덕분이라고 감히 말한다.

선뜻 책 출판을 결정하고 물심양면 지원을 한 김영훈 한그루 대표, 들쭉날쭉한 글과 구성을 깔끔하게 정리해준 김지희 편집장께 진심으로 감사의 마음을 전한다.

은영 혜빈 혜성, 사랑한다.

목차

어느 순간,
사막
한가운데

사하라 사막마라톤(MDS) 244km

내가 사하라사막에서 걷고 뛰는 장면을 꿈조차 꿔본 일이 없었다. 상상의 영역에서도 사하라사막은 없었다. 영화나 TV에 등장하는 장소일 뿐이었다. 그러나 어느 순간 제주에서 공간이동을 하듯 나는 사하라사막 모래언덕에 발을 딛고 서 있었다.

롱 데이 레이스 ◀

모래 늪에 빠져 허우적거린다. 빠져나오려고 안간힘을 쓸수록 모래는 더욱 발을 끌어들인다. 사막의 상인 무리인 카라반은 수많은 낙타를 이끌고 지나가지만 본체만체한다. 살려달라고 소리치다 화들짝 몸을 일으켰다.

헤드 랜턴 불빛들이 주변을 어지럽게 비추고 삼각텐트 안에서 두런두런 소리가 들린다. 그제야 사하라사막 244㎞를 뛰고 걷는 대회에 도전 중이란 걸 깨닫고 안도의 한숨을 길게 내뱉었다. 사막 레이스 가운데 가장 힘든 과정인 일명 '롱 데이 레이스'(81.5㎞). 사막 한복판 모래 위에서 밤하늘을 베개 삼아 잠시 누웠다가 꿈을 꾼 것이다. 듄(Dune)이라 불리는 모래언덕을 넘을 때, 모래가 계속 밀리면서 앞으로 나아가지 못한 고통이 꿈속에까지 전해졌다.

2014년 4월 10일 오전 5시, 또다시 발걸음을 재촉했다. 사방은 온통 암흑천지. 오로지 200m 간격으로 코스를 표시한 야광 스틱 등만

이 길을 안내했다. 저 멀리 성큼성큼 걷는 외국인 선수를 쫓아갔지만 금세 간격이 벌어졌다. 몸을 달궜던 태양의 열기는 식었지만 미세한 모래 먼지는 여전히 목구멍을 거쳐 내장 속으로 파고들었다. 모래를 밟지만 딛고 일어서는 발에 힘이 실리지 않았다.

　잠시 호흡을 가다듬으며 밤하늘을 바라보았다. 반달로 변해가는 달 주변으로 하얀 달무리가 생겼다. 구름 사이로 비치는 별빛은 소나기 내리듯 쏟아졌다. 별빛이 희미해지면서 빛과 어둠이 임무를 교대하는 여명의 시간, 사하라가 민낯을 내밀기 시작했다. 태양의 빛을 받은 모래언덕은 눈부신 곡선으로 펼쳐졌다.

　새벽에 먹이를 찾아 나선 낙타 어미와 새끼는 느긋하게 풀을 뜯었지만 결승선을 향하는 발걸음은 여유를 부릴 시간이 없었다. 마음은 바쁘고 발은 여전히 무거웠다. 자갈을 밟을 때마다 물집이 잡힌 발바닥에 송곳으로 찌르는 듯한 통증이 전해졌다. 모래밭이든 자갈밭이든 고통이 다리로 전해지기는 매한가지였다. 포기하고픈 마음을 고쳐먹기를 수차례 한 끝에 결국 제한 시간 안에 골인했다.

다시 한고비를 넘겼다.

서바이벌 레이스

2014년 4월 6일부터 12일까지 모로코에서 열린 제29회 MDS (Marathon Des Sables: 사막마라톤). 세계 최고 권위의 사막마라톤이다. 아프리카 사하라사막 북서부 지역을 걷고 뛰는 대회로 한국 기자 가운데 처음으로 완주에 도전했다. 1구간 34.0㎞, 2구간 41.0㎞, 3구간 37.5㎞, 4구간(롱 데이) 81.5㎞, 5구간 42.2㎞를 6일에 걸쳐 진행한 뒤 7일째 되는 날 7.7㎞의 유니세프(UNICEF) 자선레이스를 펼쳤다. 이번 대회 참가자는 45개국 1,029명에 달했다.

이 사막마라톤의 특징은 6일 동안 자신이 먹을 식량과 장비 등을 배낭에 짊어진 채 뛰고 걸어야 한다는 것이다. 선수가 자급자족하는 '서바이벌 사막마라톤'이다. 대회 주최 측에서는 조명탄, 위성추적기 등과 함께 레이스 기간 동안 물과 베르베르인 텐트(모로코 현지 베르배

르인들이 사용하는 삼각 형태 천막), 의료 서비스 등만을 지원할 뿐이다.

외부에서 식량, 차량 등의 도움을 받으면 실격이다. 출발과 도착, 체크포인트(CP: 코스 중간 점검 지점) 등에서 일정량의 물을 받지 않거나 쓰레기를 함부로 버려도 페널티가 주어진다.

설렘과 두려움으로 시작한 첫 레이스부터 험난한 여정이었다. 사하라사막의 진수를 보여주려고 작심한 듯 장장 15㎞에 이르는 모래언덕이 가로막았다. 악몽 그 자체였다. 흑설탕을 잘게 부숴놓은 것 같은 사막 모래를 밟으면 밀려 내려가기를 반복했다. 무릎을 펴고 가만히 서 있어도 그대로 내려갔다. 미세한 모래먼지는 신발의 숨구멍을 뚫고 양말 속까지 침투, 발과 마찰을 일으키면서 물집을 만들어냈다.

간신히 모래언덕을 지났지만 평지라고 다를 바가 아니었다. 굳은 흙처럼, 단단한 바위처럼 보이지만 바닥을 밟아보면 풀썩 발이 빠졌다. 참가 선수들 대부분이 잔혹한 모래언덕에 혀를 내둘렀다. 전체 레이스 구간 가운데 200㎞에 가까운 코스가 모래라고 해도 과언이 아니다. 가파른 오르막일지라도 단단한 흙길이면 오히려 감사한 마음이 들 정도였다.

사막의 태양 열기는 무서우리만큼 강했다. 50도를 오르내리며 몸을 달궜다. 바깥에 드러난 피부는 빨갛다 못해 까맣게 변했다. 건조한 날씨다 보니 땀이 흘러내릴 새가 없이 금방 마른 것이 그나마 다행이었다. 모래먼지가 뒤섞일지라도 바람이 기다려졌다. 바람이 불면 땀이 마르는 속도는 더욱 빨랐다.

땀이 피부 밖으로 흘러내리지 않기 때문에 땀이 나지 않는다고 착각하기 쉽지만 대단한 오산이다. 실제로는 상당한 양의 땀이 나오는 상황이기 때문에 탈수증을 예방하기 위해 정기적으로 소금을 챙겨 먹어야 했다. 소금 섭취는 대회 주최 측에서도 안전을 위해 강조하는 사항 가운데 하나이다.

모래언덕과 태양의 열기, 여기에 어깨를 짓누르는 배낭의 무게도 선수들이 감내해야 하는 부분이다. 식량을 비롯해 침낭, 램프, 칼, 호루라기, 소독약 등의 필수 장비 외에도 비상식량, 여벌 옷, 코펠, 매트,

스틱, 테이프, 자외선 차단제, 휴지 등을 합치면 배낭 무게는 10㎏ 내외가 됐다. 여기에 정기적으로 주어지는 1~3ℓ의 물을 담으면 무게는 더욱 늘어났다.

사막마라톤은 '무게와의 싸움'이나 마찬가지였다. 레이스가 진행될수록 식량이 사라지기 때문에 배낭의 무게는 줄어들지만 체력 고갈도 동시에 나타나면서 몸으로 느끼는 무게는 처음과 별반 다를 바 없었다.

가슴속 오아시스

힘든 레이스를 펼치며 하루 이틀 지나다 보니 낯설었던 사하라 풍경도 어느새 익숙하게 다가왔다. 사하라 속살을 보고자 하는 욕심만큼, 눈으로 가슴으로 들어왔다. 모래언덕은 태양과 바람이 만들어낸 훌륭한 조형물이었다. 태양이 뜨거운 열기로 바짝 말려놓으면 바람은 그 모래먼지를 옮겨 신비한 능선을 조각했다. 화성에 온 느낌을 주는 산, 병풍처럼 펼쳐진 거대한 모래성 사이로 메마른 호수 등이 파노라마로 펼쳐졌다.

불모의 땅에서도 국화, 메꽃과 계통의 꽃이 띄엄띄엄 꽃망울을 활짝 펼쳤다. 물기라고는 찾아보기 힘든데도 그들은 질기게 생명을 퍼트리고 있었다. 사막의 처음과 끝에 자란다는 타마리스크, 예수의

월계관을 만들었을 것으로 추정하는 아카시아(싯딤나무) 등 크고 작은 나무는 열기로 가득한 사막의 평원에서 시원한 그늘을 만들었다.

밤하늘을 무수히 수놓은 별빛은 축복이었다. 북두칠성, 오리온자리가 손에 잡힐 듯 다가왔다. 지친 몸과 마음에 단비를 내리듯 쏟아져 내렸다. 사하라사막 사람들에게는 '일상'이지만 우리에게는 '환상'이었다.

태양과 모래를 견뎌내며 밤하늘에서 위안을 얻은 900여 명의 선수들이 마지막 날 최종 출발선으로 하나둘 모여들었다. 아픈 발을 보듬느라 뒤뚱거리며 걷는 모습이 마치 '사하라의 인간펭귄'처럼 보였다. 수일 동안 입은 옷에는 하얀 줄무늬가 징표처럼 새겨졌다. 땀과 소금기가 섞인 물기가 마르면서 줄무늬가 만들어진 것이다. 제대로 씻지 못한 몸, 누런 옷에서는 쾨쾨한 냄새가 배어나왔지만 출발 신호와 함께 발걸음을 다시 내디뎠다.

발바닥으로 전해지는 통증, 어깨를 옥죄는 고통이 더해갔지만 기계적으로 발걸음을 옮겼다. '레이스가 끝나기는 할 것인가.', '나는 무슨 연유로 고생을 자초하는가.'. 이런저런 생각이 떠올랐다가 사라지기를 반복했다. 다리 통증이 심해지자 모든 신경이 하체에 쏠렸다. 모래언덕을 지나 체력이 한계에 다다를 즈음, 결승선이 눈에 잡혔다. 신기루인가? 눈을 비비며 다시 봤다. 틀림없는 결승선이었다. 주변으로는 텐트가 여럿 보였다. 어디선지 모르게 뭉클한 감정이 솟아오르며 발걸음을 재촉했다.

사막의 태양 열기는 무서우리만큼 강했다.
50도를 오르내리며 몸을 달궜다.
바깥에 드러난 피부는 빨갛다 못해
까맣게 변했다.

먼저 도착한 선수, 대회 스태프 등이 나와서 열렬한 박수를 보내 줬다. 희열이 복받쳐 올랐다. 결승선을 통과하자마자 무릎을 꿇으며 나도 모르게 "으아~~ 해냈다!"라고 외쳤다. 불가능하게만 보였던 레이스에 종지부를 찍었다. 완주 메달을 목에 걸고 정신없이 기념사진을 찍고 난 뒤 주최 측에서 제공한 차를 마시면서 흥분된 마음을 가라앉혔다.

극한의 레이스를 펼치는 이들이 가장 자주 듣는 말. "그렇게 힘든 걸 왜 해요?" 그 질문에 대한 답을 얻기 위해 시작한 레이스가 막을 내렸다. 내가 느낀 감정은 고난의 과정을 극복한 뿌듯함이었다. 일상 생활에 얼마나 적용될지 알 수는 없지만 삭막하고 메마른 몸과 마음에 '오아시스'가 생겨난 것은 분명했다. 더욱 중요한 것은 사하라 사막마라톤을 기점으로 인생에 커다란 변화가 시작됐다는 점이었다.

MDS (Marathon Des Sables: 사막마라톤)

1984년 당시 28세였던 프랑스인 콘서트 프로모터인 빠트릭 뵈어(현재 대회 매니저)가 홀로 350㎞의 사하라사막을 횡단한 뒤 1986년 23명이 참가한 첫 대회를 열었다. 해마다 규모가 늘어 최근 매년 1,000여 명이 참가한다. 30%가 프랑스인이고 나머지 70%는 40여 개국에서 모여든다.

14%가량이 여성이고 역대 참가자 가운데 최저연령은 16세, 최고연령은 80세이다. 130명의 코스 자원봉사자, 450명의 진행요원, 50여 명의 의료진이 지원하고 12만ℓ의 물, 300동의 텐트, 120대의 차량이 쓰인다. 촬영과 긴급구조를 위해 2대의 헬기가 뜨고 위성통신시설이 갖춰진다.

매년 코스를 변경하며 대회 직전에 공개한다. 마지막 날은 자선 레이스를 개최해 모로코 어린이 등을 위해 기부하고 있다. 한국에서는 2001년 당시 은행지점장인 박중헌 씨가 처음으로 참가한 뒤 매년 도전이 이어지고 있다.

사막을 함께 달린 사람들

이번 MDS에 한국에서는 기자를 포함해 모두 17명이 도전장을 냈다. 백전노장의 울트라 마라토너를 비롯해 '대한민국 대표 아줌마'로 자처하는 여성, 전역을 앞둔 육군 대령, 대학 제적생, 동물병원장, 방송촬영을 위한 연예인 등으로 다양했다. 참가하는 이유는 각자 다르지만 모두 '완주'라는 공통목표를 가졌다.

인천 부평구 지역 40대, 50대, 60대의 '여성 마라토너 3인방'은 '첫 단추 채우기'부터 삐끗했다. 일상에서의 탈출을 생각한 이들은 10여 년 전 TV에서 사막마라토너의 이야기를 우연히 보고 막연한 꿈을 꿨다. 마라톤을 시작하면서 점차 꿈은 이뤄야 할 목표가 됐고 3년 전부터 적금을 부어 드디어 의기투합을 감행했다. 짐을 모두 챙기고 러시아 모스크바를 거쳐 모로코의 대표적인 관광지인 카사블랑카를 들른 뒤 대회 현지로 이동하는 일정이 화근이었다.

시간을 내서 싼 비용으로 관광도 즐긴다는 생각을 가졌지만 정작 러시아항공에서 화물로 부친 짐이 카사블랑카로 도착하지 않고 중도에서 사라져버렸다. 사방으로 수소문했지만 찾을 길이 없었다. 식량, 장비가 사라진 마당에 대회에 참가할 엄두도 내지 못하고 그야말로 '멘붕(멘탈 붕괴)'에 빠져버렸다. 10년의 꿈이 모두 사라질 상황이었다.

부풀었던 마음은 위기와 두려움으로 바뀌었다. 그대로 주저앉을 수는 없었다. 구할 수 있는 장비는 구하고, 다른 참가자에게 구조요청을 했다. 우여곡절 끝에 이들 3인방은 출발선에 섰다. 제대로 먹지도 못하고, 장비도 변변히 갖추지 못해 고통이 갑절이었지만 모두 완주에 성공했다.

학과가 적성에 맞지 않아 막노동판에서 일하던 고려대 제적생은 사막마라톤 이야기를 듣고 난 뒤 인생의 전환점이 될 것이라 여기고 도전을 결심했다. 포장마차 주방장 등으로 일하며 돈을 모아 참가비를 냈다. 마라톤을 해보지 않았지만 자신만의 도전을 하고 싶

었다. '성공'이라는 단어가 새로운 길을 열어주지 않을까 생각했다.

달리기를 한 번도 해본 적이 없는 부산 출신 30대 새내기 엄마는 어렵게 얻은 18개월 된 딸이 나중에 컸을 때 딸에게 '괜찮은 엄마'이고 싶어서 도전에 나섰다. 이번 대회 참가를 앞두고 여러 차례 10~20㎞를 걷고 달리며 준비했다. 이 새내기 엄마와 제적생은 마지막 날 10㎞ 가량을 앞두고 대회 주최 측의 진행 혼선으로 '탈락' 결정이 내려지면서 좌절에 빠졌다가 재심을 거쳐 가까스로 완주 인정을 받았다. 지옥과 천당을 오간 셈이다.

음식, 잠자리, 물 등이 열악한 환경에서 치르는 대회였다. 베르베르인 텐트는 태양의 열기는 막을 수 있었지만 밤에 불어닥치는 차가운 공기는 침낭 속으로 파고들었다. 물이 모자라 샤워는 언감생심이었고 제대로 조절하지 못하면 음식에 쓸 물조차 없었다. 야채, 과일은 그야말로 입맛만 다시는 품목이었고 롱 데이를 마친 뒤 주최 측에서 배려한 한 캔의 콜라는 꿀맛 이상이었다. 평범한 일상이 얼마나 소중한지 느끼는 시간이었다. 국내에서 울트라마라톤 100회, 풀코스 마라톤 100회 이상을 동시에 달성한 한 노장 선수는 "한정된 식량과 물로 레이스를 펼치다 보니 우리가 너무나 많은 것을 갖고 풍족하게 생활한다는 느낌이 들었다."라고 말하기도 했다.

부산에서 온 다부진 열정의 40대 마라토너는 세계의 벽이 높다는 것을 실감했다. 2013년 제주국제울트라마라톤대회 200㎞ 우승자이기도 한 그는 이번 대회에서 선두권에 들기 위해 한 달에 500~700

km를 배낭 메고 달리는 강도 높은 훈련을 했다. 하지만 200위권에도 들지 못하는 초라한 성적표를 냈다. 현지 사정에 대한 정보를 제대로 분석하지 못한 채 아스팔트에서 훈련한 것을 후회했다. 다음에 참가한다면 산악과 모래사장에서 달리는 연습을 하겠다는 다짐을 했다.

사막마라톤의 오해와 진실

마라톤이라는 단어 탓이기도 하지만 사막마라톤이라고 하면 대부분 모래 위를 뛰는 것으로 여긴다. 사실은 그렇지 않다. 대부분 걸었다. 스타트 라인을 나가는 순간에는 물론 뜀박질을 했다. 여기저기서 카메라 셔터 소리가 들리고 동영상도 찍히는 순간에 걷는 장면을 보여주기는 다소 민망하다. 초반에 뛰다가 금세 걷는 장면으로 바뀐다. 그러다 대회 주최 측에서 마련한 사진촬영 장소가 나오면 수초 동안 뛰는 모습을 연출한다.

이런데도 대회 사진이 대부분 뛰는 장면이기 때문에 초보자들은 덜컥 겁을 집어먹는다. '모래언덕을 제대로 걷기조차 힘든데 어떻게 뛰기까지 하나.'라는 생각이 앞서서 도전의지를 상실한다. 실제는 참가자 상당수가 걷는다. 살인적인 고온에서 걷기조차 힘든데 뛰는 것은 너무나 버겁다. 하지만 순위경쟁을 하는 선두그룹은 다르다. 신발이 푹푹 빠지는 모래는 물론이고 오르막이든 내리막이든 쉼 없이 달

린다. 같은 참가자이지만 '인간이 어떻게 저렇게 달릴 수 있을까.' 하는 의문이 들 정도로 대단했다.

대회를 앞두고 걱정이 되는 준비물 가운데 하나가 '게이터'였다. 단어가 생소했는데 여기저기 뒤져보니 게이터는 신발을 감싸는 장비였다. 모래가 신발로 들어오면 발에 상처는 물론이고 모래가 굳어서 신발조차 사용하지 못한다는 이야기를 들었다. 육지 참가자들은 단체 주문제작을 한 듯했다. 어찌할까 고민하고 있었는데 제주에 있는 지인이 자신이 직접 만들어주겠노라고, 걱정하지 말라고 했다. 울트라마라톤을 하는 분이라 경험을 바탕으로 제작하겠다는 것이다.

출국 전날에야 겨우 전달받았다. 불행하게도 이 장비는 사하라사막에서 레이스 시작과 동시에 폐기처분했다. 모래가 스며들고, 견고하지도 않아 소용이 없었다. 조금 걷고 나면 신발에 들어온 모래를 털어야 했다. 모래가 있는 채로 레이스를 했다가 상처라도 생기면 큰일이었다. 15~20분마다 신발을 털다 보니 시간은 지체되고 체력소모도 심했다. 겨우겨우 첫 레이스를 마치고 나서, 어찌해야 할지 고민이 깊었다.

이대로는 중도탈락이 분명했다. 순간 섬광처럼 스치는 아이디어. 준비했던 팔 토시를 써보기로 했다. 반으로 잘라서 신발을 감쌌다. 외형으로는 영 볼품없었지만 모래를 막을 수는 있을 듯했다. 결과적으로 아주 훌륭한 대용품이었다. 레이스를 계속 진행할 수 있다는 것만으로도 가슴이 벅찼고, 이런 대용품을 생각해낸 자신이 대견했다. 그런데 하루 레이스를 하면 토시는 찢겼다. 팔 토시를 모두 쓰고 난 후에는 종아리 압박용 스타킹을 활용했다. 사막레이스 완주에는 이런 임기응변이 필요했다.

생사의
기로에서 ▶▶▶ ───────▶───────────▶───────────▶

2014년에 사하라사막마라톤을 완주한 이후 주변에서 나를 바라보는 눈이 다소 달라졌다. 대단하다는 칭찬과 함께 '마라토너'로 보기 시작했다. 사막레이스는 걷는 시간이 대부분이었기에 '달리는' 사람으로 보는 시선이 부담

스럽기는 했지만 그렇지 않다고 말하기에도 애매한 부분이 있어서 그냥 옅은 미소로 대답을 대신할 때가 많았다.

사하라사막마라톤을 기점으로 국내외 울트라 트레일 러닝 대회에 본격적으로 참가했다. 하지만 걷기만으로는 대회 주최 측에서 제시한 제한 시간에 완주하기가 사실상 버거웠다. 이때부터 몸을 만들기 위해 조금씩 달리기를 시작했다. 불과 수년 전만 해도 상상도 하지 못한 일이었다.

어릴 때 농구선수로 뛰기는 했지만 초등학교 800m 달리기에서 동료 여학생에게 뒤질 정도로 오래달리기에는 젬병이었다. 고교 시절 쉬는 시간 '자장면 내기 축구시합'을 마지막으로 기억에서 꺼낼 수 있는 달리기는 없었다. 아, 그러고 보니 대학 시절 시위를 하다가 최루탄을 피하거나, 백골단(당시 시위진압 경찰)에 쫓기면서 달렸던 일이 있기는 했다.

술에 찌든 생활

1990년 제주에서 기자 생활을 시작한 뒤로 달리기는 나와는 전혀 무관한 세상이었고, 오래 걷는 것조차 마다했다. 점심식사 장소가 100m 정도만 떨어져 있어도 차를 타고 갔다. 몸을 움직이는 것을 싫어하다 보니 체중은 불어났고 행동은 둔해졌다. 한라산 정상을 취재하고 내려오다 무릎에 이상이 생긴 이후로는 백록담 현장에 가는 일을 접기도 했다. 골프를 배우고 난 후 골프장 페어웨이에서 걷기는 했지만 걷기나 스코어보다 '19홀'로 불리는 술을 겸한 저녁을 더 소중히 하다 보니 몸은 계속 망가져 갔다.

2007년 6월, 견딜 만큼 견디다가 결국 지친 몸이 신호를 보냈다. 몸에 좋다는 즙을 다량으로 자주 섭취해서인지 모르지만 술병과 겹치면서 간에 이상이 생겼다. 무력감, 권태감을 동반하면서 몸무게가 쑥 내려갔고 눈과 얼굴은 누렇게 변했다. 황달 현상이었다. 급히 병원에 입원했지만 간세포 효소인 AST, ALT 수치가 치솟았다.

죽음의 문턱까지

급성간염이었다. 일반적으로 수일이 지나면 수치가 내려가는데 좀처럼 변화의 기미가 보이지 않았다. "지금쯤이면 수치가 내려가야 하는데…." 고개를 갸우뚱하는 담당 의사의 모습은 불안감을 넘어 두려움을 가져왔다. "내일까지 수치가 안 내려가면 다른 조치를 취하겠다."라고 말하며 주치의가 병실 문을 나갔다.

오만 가지 생각이 머리를 스치고 지나갔다. 간 수치가 잡히지 않아서 서울로 이송되면 걸어서 돌아오기 힘들다는 이야기를 주변에서 전해들은 터였다. 아내의 얼굴에도 두려운 빛이 역력했다. 어린 딸 둘을 돌봐야 하는 아내를 집으로 돌려보냈다. 홀로 지내는 밤, 잠을 청하지 못한 채 몸과 마음이 부들부들 떨렸다. 이렇게 생을 마감할지 모른다는 공포가 다가왔지만 뭘 어떻게 정리해야 할지 몰랐다. 부처님, 예수님께 절박한 심정으로 기도할 수밖에 없었다. '살려주신다면 제대로 살아 보겠습니다.' 빌고 또 빌었다.

마지노선이었던 날, 너무나 다행스럽게도 불기둥처럼 치솟았던 간 수치는 조금씩 내려가기 시작했다. 2, 3일이 지나자 밥맛이 살아났고 얼굴에도 살짝 생기가 돌았다. "무리한 운동을 삼가는 게 좋다."

라는 말을 뒤로하고 병원 문을 나서는데 쏟아지는 햇살이 참으로 따사로웠다. 어머니 뱃속에서 나온 이후 두 번째로 세상과 마주한 느낌이었다. 이후 2011년 갑상샘에 암세포가 보인다는 진단으로 갑상샘을 통째로 들어내는 수술을 했다. 이때는 갑상샘 암에 대한 사전 정보가 풍부했고, 생사를 넘나드는 위험도 아니었기에 심적 동요는 크지 않았고 그때처럼 두려움은 없었다.

그렇게 간의 발병을 무사히 넘기고 퇴원하고 나서 제주시 아흔아홉골 계곡에 있는 천왕사를 자주 다녔다. 대웅전이나 삼성전에 앉아 명상을 하는 일이 잦아졌다. 그러다 천왕사 입구에 있는 석굴암 탐방로가 눈에 들어왔다. 수험생 합격, 취직 등을 기원하는 기도가 잘 통한다는 암자인 석굴암까지 이어진 왕복 3㎞ 길이다. 산책 삼아 걸어봤다. 초반부터 급경사의 오르막길이었다. 가쁜 숨을 몰아쉬며 수차례 쉬기를 반복하면서 올랐다. 숲길을 걷고, 땀을 흘리고 나니 상쾌했다. 몸과 마음이 건강해지는 느낌이 너무나 좋았다.

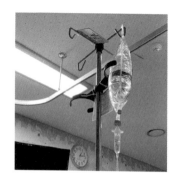

살려주신다면
제대로 살아 보겠습니다.
빌고
또 빌었다.

걷기는
내 인생의
혁명

석굴암 탐방로를 다니는 일이 잦아지다가 제주의 특별한 경관이자 작은 화산체인 '오름'이 눈에 들어왔다. 차를 타고 다니면서 볼 때는 포물선 모양의 동네 뒷산이라고만 여겼던 오름. 때마침 오름을 오가는 동호회가 여기저기서 만들어지는 시기여서 나도 한번 올라가 보자는 마음이 생겼다.

서귀포 부모님 집을 오가면서 자주 보았던 제주시 애월읍 평화로의 새별오름을 첫 대상으로 정했다. 그 새별오름에 올랐을 때, 눈앞에 펼쳐진 광경은 놀라웠다. 움푹 패인 말굽형 오름 분화구를 처음으로 직접 목격했다. 새별오름 정상에서 바라본 제주의 풍경은 도로에서 본 전경과 확연히 달랐다. 그야말로 홀딱 반했다.

기사를 마감하고 나면 주말에 걸어 보고픈 오름을 뒤지는 데 정신이 팔렸다. 제주도 지도를 꺼내놓고 오름을 찾아봤다. 펼쳤다가 접는 것을 수없이 반복하느라 한두 달이면 지도가 찢어져서 새 지도를 구해야 했다. 제주의 새로운 풍경을 보는 재미에 가슴이 벅찼다. 걷다 보니 건강은 당연한 동반자가 됐다.

미친 듯이 오름을 찾아다녔고 걸었다. 그러다가 고교, 대학 동문이자 인생 동반자인 친구가 산행 전문가라는 사실을 알고 나서 '산행 멘토'로 부르며 조언을 구했다. 지금처럼 인터넷에 정보가 풍부하지 않았고 트레킹용 애플리케이션은 등장하지도 않았던 때였다. 일반인이 접하는 인터넷 지도 역시 다소 엉성한 시기여서 선행자의 도움이 절대적으로 필요했다.

산행 멘토 친구에게 연락을 해서 오름 초입이나 코스에 대해 귀찮을 정도로 물어봤다. 무작정 오름을 올랐다가 길을 잃고 멘토 친구에게 전화를 걸어 도움을 요청한 적도 많았다. 멘토 친구와 그의 동료들을 따라 오름을 다니기도 했는데, 알고 보니 한라산등산학교 5기 멤버들이었다. GPS를 들고서 길이 없는 곳을 다니는 모습이 내게는 대단한 '능력자'로 보였다.

그들과 수차례 오름 찾기, 걷기에 동행하다 보니 체력으로는 뒤지지 않겠다는 생각이 살짝 들었다. 멘토 친구에게 "나도 등산학교 신청해볼까."라고 슬며시 말을 건네자 '네가?'라는 표정과 함께 알 듯 모를 듯한 미소가 돌아왔다. 슬그머니 오기가 났다.

한라산등산학교

감히 용기를 내고 한라산등산학교 6기 입학을 신청했다. 2010년 4월 28일부터 6월 6일까지 매주 수요일 저녁 이론수업, 주말 1박 2일 실기교육으로 진행되기에 회사와 아내에게 미리 양해를 구했다. 등산에 앞서 계획서를 짜는 수업을 시작으로 그야말로 '빡센' 과정의 연속이었지만 역시 '배움'은 이로웠다. 배낭 꾸리기, 조난과 안전대책 등 등산의 기초는 제주의 여기저기를 무작정, 무턱대고 걸어 다녔던 내게 너무나 필요한 부분이었다.

　제주시 한천 다람쥐굴, 서귀포시 단산에서 실시한 기초 암벽등반 수업에서는 체력의 한계를 경험했다. 체력을 더욱 보강해야겠다는 의지를 마련한 계기였다. 등산학교에서 얻은 지식과 경험은 산행 홀로서기의 기초였을 뿐만 아니라 주변 사람들에게 등산이나 걷기에 필요한 사항을 안내할 수 있는 밑받침이었다.

　내 인생에서 잘한 선택을 꼽을 때 반드시 포함하는 것이 등산학교라고 주저없이 이야기할 정도로 애착이 강하다. 등산학교 경험은 한라산과 오름을 넘어 제주도 외 산행과 새로운 도전을 꿈꿀 수 있는 영양가 높은 자양분이었다.

　제주에는 '도외 산행'이라는 용어가 있다. 육지 산을 가려면 배나 비행기를 타고 가야 하기 때문에 이런 말이 생겼다. 도외 산행 경험을 기록한 멘토 친구의 블로그를 보면서 나도 따라서 도외 산행을 감행했다. 등산학교 경험이 있기에 홀로 산행이 가능했다. 배를 타고 나가서 전남 지역 유명 산을 순례하다 국내 국립공원의 산 정상을 모두 디뎌본다는 목표를 세웠다. 등산학교에서 배운 등산계획을 활용해서 실행했다. 덕분에 지리산, 설악산, 오대산, 가야산, 속리산, 소백산, 주왕산 등 국립공원 산 정상을 홀로 또는 아내와 함께 섭렵할 수 있었다.

걸으면서 얻은 것

　걷기를 생활화하면서 내 인생의 여기저기서 상당한 변화가 일어났다. 걸으면서 몸이 건강해진 것은 당연했다. 걷는 시간은 명상, 사유의 시간이나 다름없었다. 물론 잡생각이 머릿속을 헤집고 다닐 때도 있지만 회사업무, 대인관계, 가족 문제를 찬찬히 훑어보는 시간이었다. 기사에 대한 새로운 접근방법과 아이디어가 나오기도 하고 인생 미래 설계도를 그려보기도 했다. 긍정의 마인드가 부정적인 영역을 몰아내며 계속 확장했고 '하면 된다'는 관용적 어구가 교과서가 아닌 일상 속에서 펼쳐진다는 믿음이 생겼다.

걸으면서 눈에 담는 제주의 자연은 경이로움 그 자체였다. 오솔길, 해안가에 무수히 핀 들꽃을 카메라에 담기 시작했다. 행사, 인터뷰 사진 등 기사취재를 위한 사진을 찍는 데 익숙했지만 꽃은 그렇지 않았다.

쌀알보다 작은 꽃을 카메라에 담고, 그 이름을 아는 과정이 녹복하지 않았지만 재미가 쏠쏠했다. 인터넷 야생화카페에서 고수들의 사진을 보면서 따라하기를 해봤고, '식물 멘토'로 부르는 후배에게 꽃 이름부터 식생에 이르기까지 하나하나 자문을 하면서 알음알음 알아갔다.

사진을 많이 찍다 보니 정리가 힘들 만큼 수많은 컷이 쌓였다. 사진에 대한 궁금증이 깊어지는 만큼, 잘 찍고 싶다는 욕망도 커졌다. 대부분 그러하듯이 카메라 장비에 대한 욕심 역시 나를 비켜 가지 않았고, 사진 관련 책도 하나둘 늘었다. 귀동냥, 눈동냥으로 사진을 배우던 중 '사진전' 제의가 왔다.

사진전을 할 만한 실력이 아니라는 사실을 내 자신이 잘 알고 있었기에 고사했지만 제안이 여러 차례 이어지자 고심 끝에 받아들였다. 또 다른 배움의 과정일 수 있겠다는 마음으로 도전했다. 결과적으로는 훌륭한 결정이었다. 전시회를 통해 사진에 대해 좀 더 진지하게 고민하고, 새롭게 배우는 계기가 됐다. 이런 경험은 '드론 사진'으로 영역을 확장하는 든든한 토양이 됐다.

병도 고쳤다. 걷기 이전에는 비행기를 장시간 탈 수 없었다. 언제부터인가 생긴 공황장애 때문이었다. 비행기를 타면 불안과 공포로 식은땀이 줄줄 흘렀다. 부모님을 승용차로 모시고 서귀포에서 제주시 공항으로 가는 도중 공황장애로 운전을 포기한 적도 있었다. 사막마라톤 도전을 결심했을 때는 200㎞가 넘는 레이스보다 11시간 비행기를 타야 하는 것이 더 두려웠다.

공황장애를 겪던 시기부터 걸으면서 생긴 심신의 변화를 이야기했더니, 정신건강의학 전문의로부터 "걸으면서 치유가 된 듯하다."라는 말을 들었다. 항공기 탑승을 걱정하자, 그렇게 걱정이 되면 약을 줄 테니 비상시에 써도 된다는 처방을 받았다. 사하라사막마라톤에 참가할 때 인천에서 프랑스 파리로 비행기를 타고 가면서 그 약을 처음 소지했다. 약이 있다고 생각하자 불안감이 어느 정도 해소됐다. 이후 유럽이나 아시아지역 해외 대회에 참가할 때마다 그 약을 갖고 다니지만 지금까지 사용해본 적이 없다.

걷기 천국, 제주

걷기 이전에는 '보물섬 제주'의 진면목을 알 수 없었다. 남한 최고 봉인 한라산이 있고 천제연폭포, 성산일출봉 등이 있는 관광지로만 여겨졌을 뿐이다. 걸으면서 제주의 속살을 마주했다.

제주가 고향이고, 지금 제주에서 생활하고 있는 것을 엄청난 행운으로 생각하고 있다. 10, 15분이면 자연 속에서 걸을 수 있는 길이 수없이 펼쳐진 곳이 제주도다. 제주가 갖고 있는 세계자연유산, 세계지질공원, 생물권보전지역 등 유네스코(UNESCO) 자연과학분야 3관왕의 가치를 제대로 느끼려면 걸어야 한다.

도보여행의 대명사로 자리 잡은 '제주올레'는 제주관광의 새로운 지평을 열었다는 평가를 받는다. 관광지에 들러 사진을 찍고 차량으로 이동하는 점(點)의 여행패턴에서 아기자기한 길을 걷는 선(線)의 여행으로, 그리고 제주의 속살을 만나는 공간 중심의 생태여행으로 전환이 이뤄진 것이다.

올레 길을 걸으며 지친 몸과 마음을 치유했다. 30~50대 여성이 주축이었던 올레꾼은 나이, 직업에 관계없이 점차 다양해졌다. 제주올레는 2007년 9월 올레 1코스를 시작으로 2021년 현재 21개 정규코스, 5개 부속 코스 등 모두 26개 코스로 조성됐으며 전체 거리는 425㎞에 이른다.

이뿐이 아니다. 곶자왈을 기반으로 한 곶자왈도립공원, 교래휴양림, 동백동산, 청수곶자왈, 화순곶자왈 등에도 탐방이나 산책을 위한 길이 속속 만들어졌다. 곶자왈은 새롭게 조명받은 제주의 청정자원으로 '용암 숲'으로도 불린다. 곶은 숲, 자왈은 넝쿨과 가시나무 따위가 엉클어진 덤불이라는 뜻을 가진 제주 방언이다. 다양한 식생적 특성뿐만 아니라 투수성이 좋은 용암지대라는 지형 지질 특성까지 포

함하고 있다. '용암 암괴 위에 있는 숲이나 덤불'이라는 의미다.

곶자왈은 땅속 깊은 곳에서 17도 내외의 신선한 공기가 연중 올라오면서 겨울에는 따뜻하고 여름에는 시원하다. 제주의 생명수인 지하수 통로이기도 하다. 시간당 300㎜가 넘는 폭우가 쏟아져도 한 시간 뒤면 말짱할 만큼 지하로 스며든다. 과거 제주 사람들은 곶자왈에서 땔감, 숯, 약초 등을 얻었고 제주4·3사건 때는 난리를 피하는 은신처이기도 했다.

한라산 해발고도 600m 내외 둘레를 도는 둘레길을 비롯해 사려니숲길, 삼다수숲길, 절물휴양림숲길, 한라생태숲, 붉은오름휴양림, 치유의 숲길 등 숲길이 곳곳에 포진해있고 갑마장길, 머체왓길 등 목장과 하천이나 숲을 연계한 길도 있다. 주말마다 장소를 바꿔가면서 걸을 수 있는 길이 다양하게 펼쳐졌기에 싫증 날 새가 없이 걷기에 빠져들 수 있었다.

무엇보다도 오름은 내게 너무나 소중한 걷기 코스이다. 제주 곳곳에 산재한 368개를 모두 올라보겠다는 목표를 세웠고, 실제 오르막이 다소 있는 200여 개 오름을 직접 올랐다. 지금도 그 오름을 오르고 있고, 어떤 오름은 100회 이상 다니기도 했다. 올레길, 숲길 등의 코스에 오름이 들어 있기도 하다. 최근 용눈이오름, 다랑쉬오름, 노꼬메오름 등은 관광객이 많이 방문하는 명소가 됐다. 하지만 감당하기 어려운 탐방객 발길로 인해 오름이 망가지고 무너지는 아픔도 생겼다.

안병식
선수와의
인연

걷기에 빠져들자 기사 취재의 관심영역에 걷기나 마라톤, 자연생태 등이 새롭게 자리 잡았다. 그러다 '오지 마라토너'인 안병식 선수를 알게 됐다. 아니, 알려고 했다는 표현이 맞을 듯하다. 어떤 사연이 있어서 그렇게 험한 지역을 다니는지 궁금했다. 오지를 다니는 느낌, 기분은 어떠한지 의문이 꼬리를 물었다. 무엇보다도 무슨 운동을 어떻게 해야 잘 걸을 수 있는지 알고 싶었다. 지역 일간지에 실린 기사를 보고 먼저 연락했다.

사하라사막, 고비사막, 아타카마사막, 남극 등 사막마라톤 그랜드 슬램을 달성하고 북극까지 도전하는 안병식은 경이로운 존재였다. 국내 트레일 러닝 선구자이고 레이스 능력도 세계적이었다. 이야기를 듣다 보니 더욱 많은 이들에게 도전, 좌절, 환희의 순간을 전해주고 싶었다. 한국인으로서 새로운 길을 개척하는 열정을 보여주고, 후배들이 생겨나길 바라는 마음도 있었다. 그의 도전기는 때마침 동아일보 기획 면에 잡히면서 세세한 내용을 전할 수 있었다.

도로를 달리는 마라톤과 달리 산악, 사막, 오솔길 등 주로 비포장 도로를 뛰거나 걷는 스포츠를 트레일 러닝(Trail Running)이라 부른다. 유럽과 미국에서는 이미 트레일 러닝이 새로운 아웃도어 스포츠로 자리를 잡았고 국내에서도 점차 활성화되고 있다. 세계트레일러닝협회(ITRA) 레이스 가운데 프랑스 몽블랑 울트라 트레일(UTMB)이 산악마라톤의 대표라면 MDS는 사막마라톤의 전형이다.

이처럼 유럽과 미국에서 유행하는 트레일 러닝 대회를 국내에 도

입한 인물이 안병식이다. 그는 수많은 해외 대회에 참가하면서 트레일 러닝의 진가를 이미 파악했고, 대회 때마다 선수로서 또는 자원봉사자로서 참여해 운영방식 등을 익히면서 국내 개최의 꿈을 키웠다. 그의 이런 경험은 국내에서 트레일 러닝 대회가 뿌리를 내린 자양분이었다.

　오지 마라토너(지금은 트레일 러너로 불리지만 당시 안병식은 스스로를 이렇게 명명했다.)와 기자로서 만남이 이어지다가 2012년 안병식이 제주에서 개최한 100㎞ 대회에 내가 처음 도전하면서 '트레일 러닝 선배와 후배'로 변했다. 2014년에는 사막마라톤인 MDS에 함께 참가해 레이스를 펼친 동료가 되기도 했다. 당시 레이스에 필요한 몸을 만들고, 준비물을 마련하는 데 결정적인 도움을 받았다. 이후에도 서로의 전문 영역에서 조언을 주고받고, 트레일 러닝의 미래를 준비하면서 인연을 이어가고 있다.

사하라 사막에서 북극까지
그래, 나는 달리기에 미쳤다

안병식 인터뷰(2012년 5월 31일 동아일보)

"네가 어떻게 대회를 만들어."

먹구름으로 하늘을 온통 시커멓게 칠해놓은 것처럼 가슴이 답답했다. 왜 안 된다고만 할까, 시도해 보지도 않고…. 제주의 산과 들을 마음껏 달리며 우정을 나누는 '트레일 러닝(Trail Running) 대회'를 만들어 보겠다고 하자 주변에서 뜯어말린다. 비아냥거리는 소리도 들린다. 경기연맹단체가 아니면 지원이 안 된다고 한다. 그래도 첫발을 떼고 한 걸음씩 나아간다. 처음 달리기를 했을 때처럼….

트레일 러너 안병식, 그 이름 앞에 어느새 '세계적인'이라는 단어가 붙었다. 한국인 최초의 사막 마라톤 그랜드슬램 달성, 베트남 정글 마라톤, 북극점 마라톤 우승, 호주 익스트림 레이스, 프랑스와 독일 종단 레이스. 그가 달린 거리만 1만㎞가 넘는다. 세계 오지(奧地)를 다니며 극한의 레이스를 펼쳤다. 해외를 다니며 산과 계곡, 들판을 달리는 트레일 러닝이 도로를 달리는 로드 마라톤보다 더 인기가 있다는 것을 알게 됐다. 그는 한라산, 오름, 바다를 배경으로 한 트레일 러닝 코스를 만들어 세계에 내놓을 생각이다. 새로운 도전이지만 반대에 부닥칠 때마다 사막의 밤하늘이 미치도록 그리워진다.

2005년 10월 첫 사막 레이스

"당신, 달릴 수 있겠어요?"

"아직 모르겠어요. 지금은 좀 쉬어야 할 것 같아요."

그렇게 몇 분을 쉬고 난 후 일어났는데 방향감각을 완전히 잃어버렸다. 코스를 표시한 작은 깃발도 보이지 않고 한낮 50도를 만들어낸 태양은 화난 듯 이글거리고 있었다. 어렵게 걸음을 떼자 멀리서 사람들이 보였다. 몸의 방향감각이 고장 난 채 달려온 길을 거꾸로 걸어가고 있었다. 2005년 10월 이집트 사하라 사막의 한가운데 그는 그렇게 서 있었다.

죽음의 레이스로 불리는 7일 동안의 250㎞ 사하라 사막 마라톤. 제주 촌놈의 첫 해외여행은 이렇게 가혹했다. 가도 가도 끝이 없는 사막, 늪처럼 빠져드는 모래언덕, 너무나 그리운 물 한 모금, 심장이 터질 듯할 때 나타난 오아시스, 그리고 완주의 희열. 발톱이 3개나 빠졌지만 개의치 않았다. 맥주 한 모금 마시고 모랫바닥에 드러누우니 눈에 들어오는 별 가득한 사막의 밤하늘은 그간 고통을 씻어내기에 충분했다. 여기까지 오다니, 꿈인가 생시인가.

제주대 미술학과 시절 만난 마라톤 선생님

제주대 미술학과를 다니던 시절 술과 담배로 찌든 몸을 추슬러볼 요량으로 학교 운동장을 뛰었다. 한 바퀴만 달려도 다리가 후들거리고 숨이 차올랐다. 하루를 뛰고 나면 다시 뛸 엄두를 내지 못했다. 열망만 마음속에서 뱅뱅 맴돌고 있을 때 나타난 미국인 리처드 빈 켐프. 1998년 제주대 '5㎞ 건강달리기 대회'에서 그는 준족(駿足)의 사나이였다. 용기를 내어 말을 건넸다. 함께 뛸 수 있냐고. 그는 동료이자 스승이 됐다. 차츰 거리를 늘렸고 운동장을 벗어나 새로운 곳을 찾아 나섰다. 영어강사였던 리처드는 떠났지만 달리기는 멈추지 않았다. 영화 '포레스트 검프'의 주인공처럼 달리고 또 달렸다.

달리기를 시작하면서 삶의 변화가 찾아왔다. 체중이 줄자 마음이 가벼워졌다. 낮과 밤을 바꿔 살았던 생활패턴도 제자리로 돌아왔다. 담배를 끊고 술을 자제하면서 친구들과 멀어졌지만 달리기와 자연이라는 새로운 벗이 생겼다. 마라톤 풀코스에 이어 100㎞ 울트라 마라톤에 도전했다. 완주의 기쁨은 자꾸 새로운 도전으로 이끌었다. 바닷물로 배를 채우고 낡은 자전거로 도전한 철인 3종 경기도 성공했다. 그러다 1년을 쉬면서 달리기의 매력을 찾을 수 없었다. 목표가 사라져 버렸기 때문이다. 달리기라는 단어가 머릿속에서 지워져갈 무렵 운명처럼 신문에서 사막 마라톤 기사를 봤다. 가슴이 두근거렸다. 잠자던 꿈이 다시 깨어났다.

이집트 사하라, 중국 고비, 칠레 아타카마 사막…

"사막 마라톤에 참가하다니, 대단해요. 근데 거길 왜 가요?"

무미건조한 사막에서 생고생 말고는 무슨 특별한 경험을 할 수 있느냐는 눈초리가 대부분이지만 사막을 달리는 레이스는 아스팔트를 달리는 것보다 매력적이다. 사하라 사막 마라톤은 신호탄에 불과했다. 브레이크 없는 기관차처럼 쉼 없이 달려 나갔다. 중국 고비 사막 마라톤 250㎞, 칠레 아타카마 사막 마라톤 250㎞, (두 번째) 사하라 사막 마라톤 250㎞를 1년에 해치웠다. 3개 사막 마라톤대회를 완주한 사람에게만 참가자격이 주어지는 남극 마라톤 130㎞를 경험했다. 고비 사막 마라톤에서는 첫 우승이라는 감격도 안았지만 순위는 그저 숫자에 불과

하다는 것을 차츰 깨달았다. 아타카마 사막 마라톤에서는 선수들이 서로 일으켜 세우며 달렸다. 8명이 손을 잡고 결승 테이프를 끊었다.

사막에서 화려한 세상을 만났다. 자연의 가장 위대한 작품, '사람'을 만난 것이다. 뜨거운 태양 아래서 저마다 고귀한 인생의 결정체를 만들기 위해 사막을 찾은 사람들이다. 이곳에서 사람의 유대가 절실하다는 것을 깨달았다. 달리기는 자신과의 싸움이지만 그것을 성공으로 이끄는 것은 '너와 나, 우리'라는 유대였다.

머릿속엔 온통 다음 레이스 생각뿐

"난 다시 1,200㎞를 달려야 합니다."

"당신 미쳤어요?"

2010년 8월. 18일 동안 프랑스 1,150㎞ 종단 레이스를 마치고 나니 몸이 엉망이었다. 일주일 뒤 독일 1,200㎞ 종단 레이스가 걱정이다. 독일인 의사는 휴식을 권했지만 이미 레이스 참가 신청을 마친 뒤라 되돌릴 수 없었다. 새로운 도전은 늘 설레지만 이번엔 두려움이 가득했다. 17일 동안 하루 평균 70㎞가량을 달려야 했다. 달릴 수만 있게 해달라고 간절히 기도했다. 무리한 레이스를 하지 않기로 했다. 1등이 아니라 오직 자신과의 싸움이었다. 하루가 지나면 내일을 지탱할 힘이 어디선가 생겨났다. 그렇게 하루하루가 지났다.

프랑스와 독일을 한 달 넘게 달리며 계절의 변화, 자연의 변화를 느끼고 비, 안개, 뜨거운 태양과 함께했다. 고요한 침묵을 깨는 발자국 소리와 함께 새벽 별을 바라보며 어둠을 달리던 시간들. 외로움과 슬픔의 기억들이 인생의 소중한 나침반이 됐다. 신발 5켤레가 닳아 없어졌다. 35일 동안의 달리기를 끝냈을 때 머릿속에 떠오른 것은 오직 하나였다. '다음 레이스는 어디로 갈까.' 정말 미친 게 틀림없다.

'제주 국제 트레일 러닝 대회' 기획자로

"언제까지 달릴 건가요."

도전이 계속될 때마다 자주 듣는 말이다. 땀까지 얼어붙는 혹한의 북극 마라톤, 이상한 파리들이 피를 빨아먹으며 코와 입으로 들어왔던 아프리카 칼라하리 마라톤, 진흙을 뒤집어쓴 베트남 정글 마라톤, 알프스 산맥을 넘나든 트랜스 알파인 런, 세계의 지붕을 달린 히말라야 레이스. 그곳에서 탈진하고 부상당한 참가 선수를 끌어안고 달렸고 정글 원주민의 해맑은 눈동자를 만났다. 시골 마을의 순박한 인심에 감사했다. 사람을 만나고 그들의 문화에 녹아들었다.

상처와 고통 뒤에 찾아오는 행복과 희열로 몸과 마음이 뜨거웠다. 프랑스, 독일 종단 레이스를 마치고 2011년 5월, 미국 로스앤젤레스에서 뉴욕까지 5,000㎞를 2개월 동안 매일 달리는 횡단 레이스 도전에 나서기로 했다. 그동안 한 번에 300~700만 원이 드는 해외 레이스 비용을 마련하느라 애를 먹었지만 이번엔 사정이 달랐다. 스폰서가 생겼고 다큐멘터리로 만들자는 제안도 받았다. 순조롭게 진행되는 듯했지만 조급증이 화근이었다. 몸이 회복되지 않은 상태에서 운동량을 늘리다 보니 무릎 인대에 문제가 생겼다. 눈물을 머금고 포기해야 했다. 미국 횡단이라는 오랜 꿈이 한순간 허공에 흩어졌다. 가장 큰 시련과 좌절이었다. 시름시름 앓았다.

1년이 지났지만 여전히 아프다. 아픈 만큼 내면에서 변화가 일어났다. 여기서 도전을 멈추고 싶지 않았다. 더는 슬퍼하지 않기로 했다. 꿈과 열정은 가만히 있는다고 다가오는 것이 아니기 때문이다. 다시 또 새로운 곳을 향해 나아갈 것이고 그곳에서 한층 성숙한 자신을 만날 것이다. 생각만으로도 묘한 흥분이 몸을 감쌌다.

트레일 러닝 대회 기획자로의 변신을 시도하고 있다. 일반 참가자를 위한 10㎞와 프로를 위한 100㎞. 한라산과 오름, 들판, 해안을 달리는 코스다. 이미 머릿속에는 어느 정도 그림이 그려졌다. 제주는 세계 어느 지역과 비교해도 절대 뒤지지 않는 '치명적 매력'을 가지고 있다. 저녁에는 모닥불을 피워놓고 밤하늘 별들과 수다를 떠는 낭만적인 대회를 만들고 싶다. 선수는 물론이고 카메라맨으로, 때론 자원봉사자로 대회에 참여했기에 자신감도 있다. 대회 일정을 확정하면 그동안 만난 세계적인 트레일 러너들에게 초청장을 띄울 생각이다.

세계를 달린 이야기를 모아 책으로 펴냈다. 아직은 어설프지만 경험담을 쏟아내는 강연도 한다. 미국 횡단 레이스도 때가 되면 나설 요량이다. 한 걸음 더 내딛자 온통 새로운 세상이다.

"사막 마라톤 참가자는 회사 최고경영자에서부터 의사, 변호사에 이르기까지 다양합니다. 미지 세계에 도전해 꿈을 만들어가는 사람들이 세상에는 정말 많습니다. 꿈은 나이와 성별, 제한된 여건에 상관없이 스스로의 열정과 의지로 이루어지는 것입니다. 열정으로 모든 역경을 이겨내고 있습니다. 세상은 도전하는 이에게 활짝 열려 있습니다."

내러티브 리포트(narrative Report)는 삶의 현장을 담는 새로운 보도 방식입니다. 기존의 기사 형식으로는 소화하기 힘든 '세상 속 세상'을 보여드립니다.

narrative report

이야기텔링(storytelling)은 끌어당깁니다. 동아일보의 내러티브 리포트를 통해 독자 여러분께 더 깊이 있는 세상이야기를 전해드리겠습니다.

사하라 사막에서 북극까지…
그래, 나는 달리기에 미쳤다

해외 오지 찾아다니며 1만km 넘게 달린 트레일 러너 안병식 씨

아프리카 사막 마라톤 대회

북극해 마라톤 대회

크고 작은 ▸▸▸ ——————▸ ——————▸
목표

등산이 점점 재미있어졌다. 여름 휴가를 받으면 육지로 나가서 서너 군데 산을 연속해서 돌아다녔다. 그러다 퍼뜩 머리를 스치는 생각이 있었다. '국립공원에 속한 산은 대한민국 대표적인 경관이 아닌가. 그렇다면 국립공원을 보면 대한민국 최고 경치를 보는 것이다.'

제주에 사는 나로서는 시간, 비용 등의 부담이 적지 않았다. 국내 100대 명산 등산, 백두대간 종주 등을 하기에는 버거웠다. 그래서 국립공원 산을 목표로 정했다. 한 치 앞이 안 보일 정도로 쏟아지는 폭우를 견디며 종주한 지리산, 신혼여행 추억을 되새긴 설악산, 거친 암릉이 펼쳐진 가야산, 포근하면서 단아한 속리산, 속세를 떠난 듯한 주왕산…. 낯선 곳을 찾아가는 두려움과 설렘이 교차한 산행이었다. 무사히 마치고 귀향할 때는 행복하고 벅찬 감동이 충만했다.

이렇게 크고 작은 목표를 세우고 달성하는 것이 처음부터 가능했던 것은 아니었다. 제주의 곳곳을 무작정 누비고 다니던 시기, 해안선을 따라 걷는 해안선 종주와 서귀포시 동쪽 끝인 성산포에서 출발해서 한라산 백록담을 거쳐 서쪽 끝인 제주시 한경면 수월봉에 이르는 동서종주를 했다. 이런 나홀로 걷기 이벤트를 마치고 나서는 뿌듯함으로 엔도르핀이 몸에 가득했다.

그러다 서귀포시 외돌개에서 한라산 정상을 지나 제주시 용두암까지 남북종주를 마쳤을 때였다. 뿌듯함은 온데간데없고 공허함이 한없이 밀려왔다. 멘토 친구에게 전화를 걸었다. "왜 이러지?"라는 물음에 "이제 어디를 걸어야 할지 목표가 없어졌기 때문이다."라는

답이 돌아왔다. 벼락같은 깨달음이 머리를 쳤다. 무작정 걷는 것이
아닌 다양한 목표를 세워야 보다 의미가 있다는 사실을 알았다. 이후
목표 설정과 달성은 너무나 당연한 일상이 됐고, 꿈을 하나하나 채워
가는 과정이 이어졌다.

첫 100㎞ 도전

안병식 디렉터는 2012년 고향인 서귀포시 표선면 가시리를 기반
으로 한 100㎞ 트레일 러닝 대회를 만들었다. 첫째 날은 한라산 정
상, 둘째 날은 해안 마라톤, 마지막 셋째 날은 오름을 왕복하는 코스
였다. 구간별로 달리고 휴식을 취한 뒤 다음 날 다시 달리기 때문에
스테이지(stage) 레이스라고도 하는데 사막마라톤이 대부분 이런 형
식이다. 장시간 휴식 없이 논스톱으로 달리는 100㎞ 울트라 트레일
러닝과는 다른 형식이다.

구간별 레이스라 할지라도 30~40㎞씩 3일 동안 내리 걷고 뛰는 것
은 초보자에게 쉽지 않은 도전이다. 나 역시 마찬가지였는데 100㎞
레이스를 하는 느낌이 어떤지 궁금했고 기사를 써서 독자들에게 전
하고 싶었다.

걷기는 어느 정도 이력이 생긴 터라 30~40㎞ 정도를 걸을 수는
있었는데 제한 시간이 문제였다. 빠른 걸음으로 걷거나 뛰지 않으면

제한 시간에 완주할 가능성이 낮았다. 제한 시간을 넘기면 다음 레이스를 하지 못하는 규정도 마음에 걸렸다. "제한 시간을 넘겨도 레이스를 한번 해보시라."라는 안병식의 답변을 듣고 나서야 홀가분하게 준비를 했다.

대회까지 남은 시간은 불과 3개월 정도. 제한 시간에 대한 부담은 없어졌지만 완주에 대한 확신이 없어서 마음이 급했다. 한라수목원 산책로와 오름을 달리는 연습을 했지만 금세 호흡이 가빴고 다리근육 역시 통증이 심했다. 그래도 짧은 시간 나름대로 훈련의 완급을 조절하면서 몸을 만들었다. 대회 출전은 첫 경험이었기에 부족한 것이 너무 많았다.

2012년은 '트레일 러닝'이라는 세계에 들어서게 된 역사적인 해였다.

11월 2일부터 4일까지 열린 '2012 제주국제트레일 러닝 대회'에 국내외에서 700여 명이 참가했다. 12㎞, 40㎞, 100㎞ 3종목으로 나뉘어 열렸는데 100㎞ 종목에 도전했다. 마라톤의 지구력과 등산의 근력이 필요한 경기였지만 올레길의 여유까지 느끼는 코스로 짜였다.

1일 차 20㎞ 구간은 한라산 관음사를 출발해 정상을 거쳐 성판악 휴게소까지 내려오는 등산코스와 동일했다. 출발 신호와 함께 100㎞ 종목에 도전한 43명이 관음사 등산코스에서 힘차게 발을 내디뎠다. 전날 한라산에 첫눈이 내린 탓에 길이 미끄러웠지만 초겨울 설경은 장관이었다. 구상나무 숲은 눈사람 전시장을 방불케 했다. 해발 1,700m 이상 고지대에서 자라는 나무에는 상고대로 불리는 서리꽃이 만발했다.

2일 차엔 서귀포시 표선면 표선해수욕장을 출발해 성산읍 광치기 해변까지 해안 40㎞ 구간을 달렸다. 모래 위를 달리는 건 이색적인 경험이었다. 점성이 높은 용암이 천천히 흐르다 바다와 만나면서 굳어진 '아아용암' 바위지대에서는 칼날 같은 바위 끝을 요리조리 피하면서 깡충깡충 뛰어야 했다. 에메랄드빛 바다와 보랏빛 갯쑥부쟁

이가 한창인 해안은 말 그대로 절경이었다.

3일 차는 서귀포시 표선면 가시리 일대 오름과 목장지대 40㎞ 구간을 달렸다. 따라비오름(해발 342m)과 큰사슴이오름(해발 475m)을 4번씩 모두 8번을 오르내려야 했다. 날씨가 돌변해 비바람이 몰아치면서 코스는 진흙탕으로 변했다. 큰사슴이오름을 오르고 하천을 지나는 길에서 여러 번 미끄러지기도 했다. 몸은 힘들어도 물매화, 꽃향유가 한창 꽃을 피운 가운

데 억새가 나부끼는 오름 풍경은 피곤을 잠시 씻어갔다.

제한 시간인 21시간(하루 7시간) 이내에 완주한 참가자는 32명으로 내 기록은 16시간 23분이었다. 긴장을 많이 한 만큼 완주의 기쁨도 컸다. 100㎞도 가능하다는 사실을 알고 나자 자신감도 생겼다. 다른 참가자들도 트레일 러닝이라는 세계를 경험한 것에 만족했다. 날씨는 변덕이 심했지만 바다, 오름, 산을 아우른 제주의 풍광은 그야말로 '엄지 척'이었다. 제주가 트레일 러닝의 최적지임을 알리는 신호탄이기도 했다.

TRAILRUN JEJU 제주 국제 트레일 러닝 대회 • 사진 기록

2012

2013

2014

7083

2015

첫 해외 트레킹, 히말라야

사하라사막마라톤(MDS) 도전을 결심하고, 일정 등을 예약하다가 덜컥 겁이 났다. 비싼 비용을 치르면서 도전한 사막마라톤에 실패하면 어쩌나 하는 두려움이 밀려들었다. 제주에서 100km 레이스를 완주했지만 날씨, 음식, 지형, 경관, 언어도 다른 해외에 나가서 걸을 때는 느낌이 어떨지 감이 잡히지 않았다. 사막마라톤 사전 준비를 겸해서 평소 소망 가운데 하나인 히말라야 안나푸르나 베이스 캠프(ABC) 트레킹을 해보기로 했다.

해외 트레킹 전문 여행사를 찾아가 접수한 뒤에는 먼저 다녀온 탐방객들의 수기를 여러 번 보면서 준비했다. 걷는 시간과 거리 등을 계산하고, 한라산 등산이나 오름을 다니면서 간접적으로 적용해 보니 완주는 어느 정도 가능할 것으로 여겨졌다.

문제는 '고산증'이었다. 아무리 잘 걸어도 고산증이 오면 완주는 불가능할 듯했다. 전문 산악인들에게 자문을 구하고 여기저기 수소문해 자료를 뒤져본 끝에 고산증 증세를 완화시켜준다는 '비아그라'를 챙기기로 했다. 발기부전 치료 등에 쓰이는 비아그라가 고산증을 해소하는 데 효과가 있다는 것이 선행 경험자들 사이에서 흘러나온 것이다. 실제 효과가 있는지 확인하지 못했지만 불안감이 너무나 컸기 때문에 일단 비상약 개념으로 준비를 했다.

2013년 11월 ABC 트레킹에 나섰다. 네팔 카트만두를 거쳐 포카라에서 1박을 한 뒤 카레(1,780m)에서 출발했다. 포타나(1,890m) - 란드룩(1,565m·2박), 뉴브릿지 - 지누단디 - 촘롱 - 시누와(2,170m·3박), 쿨디가르 - 도반 - 데우랄리(3,200m·4박), 마차푸차레 베이스캠프(MBC·3,700m) - ABC(4,130m) - MBC(5박), 데우랄리 - 히말라야롯지 - 시누와 - 촘롱(2,170m·6박), 시와이까지 걸었다. 이후 지프택시를 이용해 나야풀에 도착한 뒤 다시 승합차량으로 이동, 포카라(7박)에서 마무리했다.

나를 포함해서 한국인 9명이 트레킹을 했다. 현지 가이드와 보조 가이드가 지원을 했고 짐을 나르는 포터들과 요리팀이 별도로 수행을 했다. 음식이 입에 맞지 않았지만 '맛'에 그다지 민감하지 않은 식성 덕분인지 그런대로 먹을 만했다. 옆방에서 부스럭거리는 소리가 들릴 정도로 숙소 상황은 열악했지만, 비바람을 맨몸으로 견뎌야 하는 비박보다는 훨씬 낫다는 생각으로 잠을 청했다. 걷는 속도는 예상보다 훨씬 느려서 오히려 불편을 느낄 정도였다. 고산증 때문이라는 점을 이해하면서도 느린 속도가 힘들었다. 일행 가운데 걷기에 능숙한 분과 함께 앞서 나갈 때가 많았다.

현지 가이드에 따르면 안나는 '곡식', 푸르나는 '가득 찬'을 뜻하는 네팔어로 '안나푸르나'는 '가득 찬 곡식을 주는 산'이라는 말이다. 곰곰이 살펴보니 안나푸르나 산맥에서 내려오는 물이 풍부해서 농사를 짓는 데 유리했고, 그 물로 소수력 발전소를 만들어 전기까지 공급했다. 히말라야 사람들이 안나푸르나를 신성하고 고귀하게 여기는 이유를 이해할 수 있었다.

고산증 때문이라는 점을 이해하면서도
느린 속도가 힘들었다.
일행 가운데 걷기에 능숙한 분과
함께 앞서 나갈 때가 많았다.

가장 염려했던 고산증은 그리 심하지 않았다. 오히려 고산증에 대한 과도한 두려움과 강박관념이 트레킹에 지장을 줄 정도였다. 트레킹 코스의 최정상인 ABC에 도착할 즈음 약간 어지러운 증세가 있기는 했지만 쉬엄쉬엄 가면서 해결했다. 가이드들도 고산증을 예방하기 위해 마지막 구간인 ABC까지 자주 쉬고, 속도를 엄청 느리게 잡았다.

트레킹 시슨인 탓에 유럽, 중국, 일본 등지에서 온 도보여행자들이 차고 넘쳤다. 남녀노소 다양했고, 나이가 지긋한 노인들도 많이 보였다. 세계 각국에서 몰려든 수많은 도보여행자들을 상대하면서도 히말라야 사람들은 순수함을 잃지 않은 듯했다. 종교적인 힘이 그 바탕이 아닐까 하는 생각이 들었다.

데우랄리 롯지에 도착하기 이전까지는 거의 여름 트레킹 수준이었다. 걷노라면 땀이 삐질삐질 흘렀다. 겨울 산행복만 챙겨가는 바람에 더위로 고생을 했다. 반대로 ABC, MBC에서는 눈보라가 치고, 밤에는 오들오들 떨 정도로 추웠다. 하지만 전반적으로 트레킹 과정에서의 겨울옷은 하루 이틀 정도만 필요했는데 기온차가 심해서 밤에는 두꺼운 옷이 필수였다.

ABC 트레킹을 다녀온 탐방객 사진을 보면 자갈, 암괴 등이 많은 고산 풍경이 대부분이어서 코스 내내 산악지대처럼 보였지만 실상은 그렇지 않았다. 11월 초순의 트레킹은 봄 여름 가을 겨울을 모두 보여줬다. 밀림처럼 우거진 숲은 전혀 예상하지 못한 부분이었다. 숲

의 끝자락에서는 단풍이 물들었고, 거대한 협곡에서 쏟아지는 폭포는 이름조차 없을 정도로 부지기수였다. 데우랄리를 지나 MBC로 향할 때 비로소 고산지역 풍경이 나타났다.

MBC에서 새벽에 일어나 종착지인 ABC로 갈 때 세상이 온통 구름에 싸였다. 이 새벽 산행에서 일출을 보면서 베이스캠프로 걸어가는 것이 트레킹의 백미인데 안타깝게도 일출 장관은 볼 수 없었다. 눈보라마저 생기면서 안나푸르나 봉우리는 보이지 않았다. 정상 경관을 보지 못한 아쉬움은 컸지만 ABC에서 맛본 피자는 생소하면서 유쾌한 경험이었다. MBC로 내려와 저녁을 먹은 뒤에도 하늘은 구

름에 가렸다.

다음 날 새벽 4시. 기상과 함께 하늘을 보니 별들이 찬란했다. 바로 하산하는 일정이었지만 일출 경관에 대한 미련이 남았다. 가이드를 설득했다. 예정에 없이 일행 중 나를 포함해서 2명만이 또다시 ABC 로 향했다. 캠프까지는 가지 않고 도중에 빙하협곡이 있는 언덕 끝으로 올라갔다. 드디어 안나푸르나 일출을 마주했다. 황금빛 일출은 경이로웠다. 협곡의 날카로운 지점에서 위태롭게 맞이한 일출, 오래 즐기지 못하고 금방 내려와야 했지만 평생 잊을 수 없는 장관이었다.

세계 10대 울트라 트레일 러닝 대회

목표를 세우고, 달성하고, 다시 새로운 목표가 생겨나는 일이 이어졌다. 제주의 368개 오름을 모두 올라보는 목표도 있었고 내 인생첫 100㎞ 트레일 러닝을 완주하는 것도 하나의 목표였다. 굳이 거창하지 않더라도 나만의 걷기코스 발굴도 목표로 삼았다. 그렇게 작고소박한 목표를 달성했을 때도 뿌듯함과 쾌감이 컸다. 그 즐거움은 계속해서 새로운 목표를 만들게 했다. 배우고, 성숙하고, 익어가는 모습이 스스로 생각해도 대견했다.

2012년 제주에서 열린 100㎞ 트레일 러닝 레이스를 완주한 뒤에는 매년 완주하겠다는 다짐을 했다. 2년 연속 트레일 러닝 대회에 참가하면서 새로운 목표가 떠올랐다. '나도 사막마라톤에 도전하면 어떨까?'라는 생각이 끊임없이 머리를 맴돌았다. '그래, 한번 가보자.' 결정을 내린 후부터는 사막마라톤 준비에 할애하는 시간이 많아졌다. 사막마라톤 완주에 필요한 체력은 물론이고 참가비와 항공료 등을 포함해서 800~900만 원에 달하는 경비도 문제였다.

끊임없이 고민하고 생각하고 두드리면 열린다는 것을 그동안 목표 설정과 달성이라는 경험을 통해서 알았기에 멈추지 않았다. 주말에 오름을 걸을 때도 묘수를 찾는 데 골몰했다. 새로운 도전을 즐기는 분들에게 자문을 하고, 아웃도어 회사에 접촉해 의사타진을 하기도 했다. 쉽지 않았지만 포기하지 않았기에 결국 회사 지원 없이 사막마라톤에 도전할 수 있는 길을 만들었다.

문제는 목표 달성 후에 따라오는 '공허함'이었다. 공허함이 들어오기 전에 새로운 목표를 설정하는 습관이 배어있었는데 사하라 사막마라톤(MDS)에 가려고 마음먹었을 때부터 고민이었다. 기자라는 직업 때문에 대회 참가 후에는 기사로 기록을 남겨야 했다. 그런데 이 대회 이후 중국 고비사막, 칠레 아타카마사막 등을 완주하는 사막마라톤 그랜드슬램에 도전한다면 장소만 다를 뿐, 기사 내용이 비슷할 것이라는 생각이 들었다. 회사에서 지면을 내주기가 힘들지도 모른다고 여겨졌다. 이 때문에 MDS 대회 이후 목표를 선뜻 결정하지 못하고 있었다.

MDS 대회에 참가하면서도 그 고민은 해결되지 않았다. 그러던 중 대회 1일 차를 마치고 대회 가이드 북을 찬찬히 훑어보다 "와우" 하면서 무릎을 내리쳤다. '세계 10대 울트라 트레일 러닝 대회'가 있었던 것이다. MDS 역시 그중의 하나였다. 나중에 확인한 사실이지만 내가 MDS에 참가했던 2014년에 세계 10대 대회가 처음 지정된 것이다. 1년에 2개 대회만 참가해도 5년 동안 새로운 레이스 목표를 설정하지 않아도 됐다. 결정에 주저함이 없었다. 내 일상과 인생 전반에 상당한 영향을 미친 탁월한 선택이었다.

목표를 세우고, 달성하고,
다시 새로운 목표가 생겨나는 일이 이어졌다.

좌절,
그리고 재도전

홍콩 100km 울트라 트레일 러닝 대회

세계 10대 울트라 트레일 러닝 대회를 목표로 정하고 난 뒤 훈련이나 운동방식에 변화는 없었다. 주중에는 일과 후 헬스장 트레드 밀에서 걸었고, 주말에는 숲속을 걸어 다녔다. 사하라사막마라톤(MDS)을 완주했다는 자신감으로 다른 대회를 준비했다. MDS가 하루에 일정 거리를 걷고 달리는 스테이지(stage) 레이스이기는 하지만 245㎞에 달하는 대회인 만큼 100㎞ 대회 완주는 가능하리라 생각했다. 2015년 1월 홍콩에서 열린 100㎞ 대회를 무사히 마칠 것이라는 믿음이 있었다. 너무나 큰 오판이었다. 제한 시간인 30시간 이내에 종일 논스톱으로 레이스를 펼치는 100㎞ 대회는 MDS와 체력적으로 차원이 달랐던 것이다.

쓰라린 경험, 첫 포기

"홍콩에도 산악마라톤을 할 수 있는 코스가 있어요?"

홍콩에서 산과 해안 등을 뛰고 달리는 '2015 홍콩 100㎞ 울트라 레이스'에 도전한다는 이야기를 하면 대부분 이런 반응을 보였다. 마천루가 솟은 고층 빌딩 숲을 연상하지만 홍콩의 상당 면적은 산악 지형으로 이뤄졌으며 시가지는 일부일 뿐이다. 레이스는 사이쿵 반도를 시작해 홍콩 최고 높이인 해발 957m 타이모(大帽) 산에 이르는 코스로 해안, 밀림, 어촌마을, 산악 등을 다양하게 경험할 수 있도록 짜

였다. 주룽(九龍) 반도를 동서로 관통하는 도보 여행 코스인 맥리호스 트레일(麥理浩徑)을 기반으로 하고 있다. 2011년 시작됐는데 첫 대회 참가자는 250명에 불과했지만 해마다 인기를 끌며 참가자도 늘고 있다.

1월 17일 오전 8시 홍콩 동부 지역인 사이쿵(西貢) 반도의 팍탐충(北潭涌) 공원. 세계 51개국에서 찾아온 1,800여 명의 트레일 러너들이 동시에 출발했다. 500m가량 시멘트 길을 달리다 본격적인 산길로 들어섰다. 한꺼번에 좁은 산길로 진입하면서 병목현상이 발생했지만 능선에 올라서자 각기 속도를 내기 시작했다.

나지막한 산속 길을 지나자 광활한 '하이 아일랜드 저수지'가 시원하면서도 웅장한 모습을 드러냈다. 레이스 코스는 산을 타고 해안으로 내려왔다가 다시 산으로 올라가기를 반복했다. 드넓은 바다를 마주한 조그만 모래 해변과 깎아지른 듯한 해안 절벽은 마치 제주 추자도의 올레 길을 마주한 것처럼 친근하게 다가왔다. 팔손이나무, 사스레피나무, 고사리 등의 자생식물도 제주와 비슷했고 해안 구석에 핀 노란 괭이밥, 제비꽃 등도 정겨웠다.

10㎞마다 마련된 체크 포인트(CP)에서는 참가 선수들의 통과기록을 확인하고 인원을 점검했다. 여기에서 자원봉사자들이 물과 간식 등을 제공했다. 레이스 초반에 내리막길을 달리며 평소의 페이스보다 오버한 탓일까. 30㎞ 지점을 지나면서 오른쪽 무릎에 통증이 전해지기 시작했다. 52㎞ 지점의 다섯 번째 CP에 도착했을 때 날은 이미

어두웠고 통증 강도는 심해졌다. 라면으로 허기를 채우고, 잠을 쫓기 위해 진한 커피를 연거푸 들이켰다. 밤이 깊어지면서 산속 체감 온도는 0도 내외로 뚝 떨어졌다. 살 속으로 파고드는 바람은 냉혹했다.

출발한 지 20시간가량. 사방은 칠흑 같은 어둠에 둘러싸였다. 오로지 머리에 찬 랜턴 불빛에 시야를 의지했다. 무릎 통증은 더욱 심해져 한 발짝 내디딜 때마다 고통의 연속이었다. 야광으로 표시된 화살표와 리본을 따라 겨우 코스를 밟아 갔다. 74㎞ 정도에서 갈림길이 나타났다. 분명 화살표 방향으로만 진행했는데 느낌이 이상했다. 코스 이탈을 확인한 것은 시내 차도까지 내려왔을 때였다. 포기해야 할지, 다시 올라가야 할지 최대 기로였다.

　이미 체력은 바닥까지 내려간 상황. 나처럼 코스를 이탈한 일본인 참가자와 함께 한참을 서성이다 레이스를 접기로 결정했다. 걷기를 시작한 이후 '포기'라는 쓰라림을 처음으로 경험했다. 격려하고 응원해준 가족, 지인들에게 면목이 없었다.

　완주에는 실패했지만 얻은 것이 많았다. 지구력과 근력을 키우는 훈련을 체계적으로 해야 한다는 사실을 절감했다. 페이스 조절, 정신력 무장 등이 필요함을 직접 경험했다는 것만으로도 커다란 소득이었다. 또다시 도전에 나설 힘도 얻었다.

재도전

홍콩 100㎞ 레이스에 실패한 이후 당초 그해 도전하려던 다른 대회도 모두 접었다. 논스톱 울트라 트레일 러닝을 완주할 만한 몸이 아니었다는 사실을 깨달았기 때문이다. 레이스를 완주할 수 있는 몸 만들기가 우선이었다.

당시 레이스 완주에 성공한 한국인 참가자들과 식사를 같이 하면서 조언을 구했다. "나는 기록보다는 완주가 목표이고, 이런 경험을 국내 독자들에게 전하고 싶다."라고 하면서 어떤 운동을 해야 하는지 물어봤지만 별다른 내용이 없이 "그냥 열심히…."라는 대답만 돌아왔다.

운동방법이 무슨 특별한 것이라고, 노하우를 말해주지 않는 그들을 보면서 속으로 은근히 부아가 치밀어 올랐다. 나중에 깨달은 것이지만 그들은 알려주기 싫어서가 아니라 무엇을 어떻게 알려줘야 하는지 방법을 몰랐던 것으로 보인다.

아무튼 귀국해서 헬스장 운동, 산행에 더욱 시간을 투자하면서 인터넷 등에서 운동방법을 끊임없이 검색했다. 주요 검색어는 오래달리기, 근지구력, 오르막 내리막에 쓰이는 근육, 폐활량. 말 그대로 시도 때도 없이 찾아봤다.

이때부터 헬스장에서 다리 근력운동을 시작했다. 주말이면 숲길에서 여러 가지 걷기 방법과 달리기 방법 등을 적용하면서 내게 맞는

스타일을 만들어갔다. 2015년 11월 제주에서 열린 논스톱 100㎞ 대회에 참가해서 몸 상태를 점검했다. 보행법을 바꾸고 다리 근력운동을 꾸준히 한 덕분인지 홍콩에서 경험했던 무릎 통증은 나타나지 않았다. 종반부에 체력이 고갈되면서 레이스가 힘들기는 했지만 완주에 성공하면서 가능성을 확인했다.

다시 홍콩 100㎞ 울트라 트레일 러닝 대회에 도전했다. 지구촌에 맹추위가 기세를 떨친 2016년 1월 23일 오전 8시, 다시 홍콩 동부 지역인 사이쿵(西貢) 반도의 팍탐충(北潭涌) 공원에 섰다. 참가자는 더욱 늘어 세계 50여 개국에서 찾아온 트레일 러너 2,001명이 동시에 출발했다.

궂은 날씨가 예고된 상황이어서 참가자들의 얼굴에는 긴장감이 묻어났다. 비닐을 몸에 감아 바람을 막으며 저체온증을 예방하려는 이들이 많았다. 바람이 예사롭지 않았다. 나무들이 뿌리째 뽑힐 듯이 마구 흔들렸고 곳곳에서 나뭇가지가 부러졌다.

CP에서는 자원봉사자들이 물과 간식 등을 제공했다. 대회를 위해 준비한 간식은 바나나 9,000여 개, 오렌지 6,300여 개를 비롯해 식빵, 초밥, 초콜릿, 라면, 커피가 충분히 나왔다. 해가 떨어지고 깜깜한 산길을 걸을 때는 오로지 머리에 두른 랜턴 불빛에 의지해야 했다. 오르막 내리막을 반복하면서 체력은 점점 고갈됐다. 60~70㎞ 지점에서는 홍콩 야경이 손에 잡힐 듯 다가왔지만 기온이 급강하해 감상할 여유가 없었다. 바람막이, 판초 우의, 비옷 바지, 손난로 등 배낭에

담긴 비상용품을 모두 동원했다.

싸라기눈이 날리는 한파가 몰아친 홍콩의 깊고 깊은 산속에서 추위를 온몸으로 견뎌야 했다. 비에 젖은 장갑에 얼음이 맺혔다. 땅바닥에 깔린 잔디는 서리가 내려앉은 꽃처럼 하얗게 변했고 열대 나무의 잎에 매달린 물방울은 고드름으로 변했다. 83㎞ 지점의 8번째 CP를 지나 바늘처럼 뾰족하게 솟은 전산(釗山·해발 532m)을 오르자 날씨가 더욱 험악하게 변했다.

비가 쏟아지면서 눈을 뜨기 힘들 정도였다. 일부 참가자는 중도에 포기하고 되돌아가기도 했다. 연달아 이어진 산길을 오르고 내려올 때마다 냉기가 엄습했다. 몸을 움직이지 않으면 그대로 얼어버릴 것 같았다. 꽁꽁 얼어붙은 내리막길을 살금살금 내려간 끝에 90㎞ 지점에 있는 마지막 CP에 도달했다.

대회 주최 측은 참가자의 안전을 고려해 이곳에서 대회를 중단한다고 선언했다. CP에는 구급차와 구조요원들이 대기하고 있었다. 이미 상당수 참가자가 저체온증, 미끄럼 부상으로 병원에 실려 갔다. 셔틀버스를 기다리는 2시간 동안 다른 참가자 70여 명과 간간이 떨어지는 우박을 맞으며 추위를 견뎌야 했다.

대회를 마치고 숙소까지 가는 길에도 추위로 고생했지만 한숨 자고 나니 몸이 개운했다. 1년 전 실패했을 때의 다리 상태와 비교해봐도 통증은 상대적으로 작았다. 대회 주최 측에서 완주를 인증한다는 연락을 숙소에서 받았다. 완주의 기쁨도 컸지만 무엇보다 어떻게 하면 100㎞ 트레일 러닝을 완주할 수 있는지, 운동방법을 찾아냈다는 것이 너무나 큰 소득이었다.

나는 기록보다는 완주가 목표이고,
이런 경험을 국내 독자들에게 전하고 싶다.

세계
10대 대회
완주를 향한
질주

UTMB, 호주 100km, 레위니옹 166km

트레일 러너 꿈의 무대, UTMB

트레일 러닝을 시작한 이후 관련 자료를 뒤져보는 일이 잦아졌다. 국내외 자료를 보면서 세계 10대 대회 가운데 '울트라 트레일 러닝 몽블랑'(UTMB) 대회가 가장 명성이 높은 대회라는 사실을 알게 됐다. 홍콩 100㎞ 대회를 완주한 이후 자신감이 붙었지만 자신감만으로 참가할 수 있는 대회가 아니었다. UTMB 대회에 참가하려면 일단 능력을 입증하기 위해 다른 대회 완주로 쌓은 포인트가 있어야 했다.

사하라사막마라톤(MDS) 완주가 있었기에 포인트는 충분했지만 기본적인 참가 자격일 뿐, 승인이 아니었다. 세계적으로 수많은 도전자가 참가신청을 하기 때문에 추첨을 통해 참가자를 정한다. 여러 차례 참가신청을 했지만 승인을 얻지 못한 한국인들도 많았다.

나는 운이 좋았다. 2016년 8월 UTMB 대회 처음 신청에 덜컥 승인이 났다. 참가가 확정되자 지도와 코스를 보면서 레이스 하는 시뮬레이션을 머릿속에서 끊임없이 가동했다. 레이스 코스의 오르막을 모두 합한 누적 상승고도가 상당했기 때문에 홍콩 100㎞ 대회를 완주한 실력으로는 제한 시간 내 완주가 불가능하다는 판단을 했다. 훈련 시간과 강도를 높여야만 했다.

2016년 8월 21일부터 28일까지 열린 UTMB. 프랑스, 이탈리아, 스위스 등 3개국에 코스가 걸쳐졌고, 170km(UTMB), 101km(CCC), 119km(TDS), 290km(PTL), 55km(OCC) 등 5개 종목으로 나뉘었다. 이들 종

목에 87개국 7,900여 명이 참가했다. 당시 트레일 러닝 대회로는 세계 최대 규모다. 나는 CCC에 도전했다.

8월 26일 오전 9시 이탈리아 쿠르마유르 CCC 출발선. 신호와 함께 2,100여 명의 선수들이 힘차게 발을 내디디며 대장정에 돌입했다. 주민들과 선수 가족 등이 목소리를 높여 완주를 응원했다. CCC 종목은 최저 해발 1,035m에서 최고 2,537m 사이를 오르내린다. 누적 상승고도 6,092m를 극복해야 한다. 누적 고도와 거리만으로 따지면 한라산 성판악 탐방코스로 정상까지 4번가량 왕복해야 하는 난도이다.

레이스 초반에는 끊임없는 오르막이다. 질경이풀과 벌노랑이, 마가목 등 제주에서도 익히 보아 오던 식물이 반가웠다. 울창한 가문비나무 숲과 수목한계선(해발 1,800~2,000m)을 지나자 본격적인 초원지대가 펼쳐졌다. 발아래로는 출발지 마을 전경이 아득하게 다가왔고 눈앞에는 뾰족뾰족한 산릉에 만년설이 내려앉았다.

초원지대에서는 보랏빛의 솔체꽃과 당잔대, 순백의 색깔이 선명한 구절초와 물매화, 노란 마타리와 분홍바늘꽃이 지천이었다. 초원지대를 힘겹게 넘으니 첫 번째 관문이자 이번 레이스 최고점인 해발 2,571m '테트드라트롱슈'에 도착했다. 한숨을 돌리는 것도 잠시, 내리막과 오르막을 반복하는 레이스의 서막이었다.

레이스 코스는 현지인이나 목동들이 소나 양떼를 몰고 다니면서 다져진 흙길이다. 처음에는 인공적인 계단이 없어 다소 수월했다. 지그재그로 이어진 오르막을 오르고 빙하가 녹아 흘러내리는 하천, 계곡을 지나면서 로마 병사들이 유럽을 정복하기 위해 행군했던 길일 지 모른다는 생각도 들었다. 빙하 물은 주민이나 목동, 가축의 식수원이었고 선수들의 갈증을 달래 준 물이기도 했다.

오르막에 이어 내리막에서도 숨 돌릴 겨를이 없다. CP에서 확인하는 제한 시간 통과를 위해서는 달리고 또 달려야 했다. 27㎞ 지점인 '아르누바'에서는 간단한 요기가 가능했다. 음료, 과일 등으로 몸을 새정비하고 CP를 나서자마자 오르막이다. 끝없이 이어진 오르막에 기가 질렸다.

가다 서다를 반복했다. 쉬는 시간이 잦아졌다. 초원에 드러눕는 선수들이 하나둘 생겨났다. 눈에 보이는 능선에만 올라서면 정상일 듯한데 또다시 언덕이다. '내가 왜 이 고생을 사서 하나.'라는 후회가 한쪽에서 고개를 내밀 즈음, 완주 후 찾아오는 성취감과 자신감을 '전리품'으로 얻어야 한다는 각오로 마음을 고쳐먹었다.

가쁜 숨을 몰아쉬며 32㎞ 지점 '그랑콜페레'(2,537m)에 올랐다. 한쪽 발로는 이탈리아 땅을, 다른 발로는 스위스 땅을 밟았다. 국경이라는 사실이 믿기지 않았다. 스위스로 들어서자 파란 하늘과 하얀 구름, 목동이 모는 양떼, 오두막 산장 '샬레' 등이 그림처럼 펼쳐졌다. 풍경에 취할 여유가 없는 것이 아쉬웠다. 다음을 기약하며 발길을 옮겼다.

땅거미가 내려앉기 시작했다. '라풀리'에서 머리에 랜턴을 장착했다. 랜턴 불빛과 불빛에 비친 야광 마크에 의지해 길을 찾았다. 비교적 큰 마을인 '샹페라크'를 지나면서 밤은 깊어졌다. 절반가량 레이

스를 펼쳤는데 앞으로도 남은 봉우리가 3개나 됐다.

밤하늘에는 별이 초롱초롱했다. 북두칠성이 선명했다. 거대한 산 봉우리 위로 별이 무수히 쏟아졌다. 선수들의 헤드랜턴 불빛이 산 중턱에 꼬리를 물었다. 마치 별을 따러 가는 행렬처럼 보였다. 낭만적인 생각도 잠시, 전반의 흙길과는 달리 자갈과 바위인 너덜지대(돌이 많이 깔린 산비탈)가 많아 긴장의 끈을 놓을 수 없었다.

기온이 떨어지며 한기도 밀려왔다. 스위스를 지나 프랑스로 접어들었지만 국경을 지났다는 것을 알 수 없었다. 어느새 동이 트면서 사방이 밝아졌다. 몸은 스펀지가 물을 머금은 것처럼 무거웠다. 주저

앉을 정도는 아니었는데 제한 시간을 넘기면 이번 도전이 수포로 돌아간다는 생각에 덜컥 겁이 났다. 체력 안배를 하면 시간 제한에 걸릴 듯하고, 속도를 내면 체력이 견뎌 주지 못할 듯했다.

속도와 체력을 조절하면서 마지막 고비인 돌산을 올랐다. 집중력이 떨어진 탓인지 식수를 미리 챙기지 못한 사실을 뒤늦게 알았다. 목이 타 들어가면서 체력도 급속히 떨어졌고 통증이 몸 곳곳에서 심해졌다. 때마침 바위에 붙어 자라는 들쭉나무 열매가 눈에 들어왔다. 빙하 하천이 나올 때까지 열매 물기로 겨우 목을 축였다.

스키장 전망대를 지날 때 남은 거리는 내리막 8㎞. 완주가 손에 잡힐 듯 다가왔다. 체력은 이미 바닥을 드러내 달릴 기운이 없었지만 정신력으로 버텼다. 샤모니광장 결승선이 얼마 남지 않은 포장길로 들어섰다. 몸은 천근만근이다. 종아리와 무릎의 통증으로 발걸음을 옮기기가 고통스러웠다. 허벅지는 근육이 뒤틀려 제 기능을 하지 못했다.

시내로 들어서자 마을 주민과 자원봉사자의 응원 목소리가 귓전을 울렸다. 쥐어짜도 생기지 않을 것 같은 힘을 만들어 다시 달리기 시작했다. 결코 도달할 수 없을 것으로 여겨졌던 결승선을 마침내 넘었다. 드디어 해냈다는 생각에 "와~" 하고 환호성이 저절로 나왔다.

레이스를 마친 몸과 마음이 너무나 대견했다. 이 레이스 제한 시간은 26시간 45분. 내 기록은 26시간 27분으로 불과 18분을 남겨놓고 결승선을 밟은 것이다. 중도에 포기하지 않고 끝까지 정신력으로 버틴 내 자신이 너무나 기특해서 생맥주 한잔을 넘기며 스스로 토닥였다.

이번 CCC 완주자는 65%가량으로 중도 포기하거나 제한 시간을 넘긴 참가자가 많았다. 이번 UTMB 5개 종목 참가자는 프랑스인이 3,700여 명으로 가장 많고 아시아에서는 일본 290여 명, 중국(홍콩포함) 280여 명이 참가했다. 이 대회 참가를 위해서는 국제트레일 러닝협회(ITRA)에서 인증한 점수가 필요하다. 역대 참가자 중 남성은 87%, 여성은 13% 정도다. 평균연령은 40대 초반이다.

트레일 러너에게 '꿈의 무대'로 불리는 UTMB는 유럽의 지붕인 알프스 최고봉 몽블랑(4,703m) 주변 산악지대를 걷고 달리는 코스로 세계적인 트레킹 코스인 '투르 드 몽블랑'을 기반으로 하고 있다. 프랑스 샤모니, 이탈리아 쿠르마유르, 스위스 샹페라크 등 3개국 19개 코뮌(기초자치단체)을 지난다. '하얀 산'을 뜻하는 몽블랑과 주변 산악지대 만년설, 고산 초원지대 풍광 등이 일품이다.

UTMB는 2003년 첫 대회 당시 722명이 참가해 67명이 완주했다. 트레일 러닝 인기가 폭발하면서 참가자가 급증했다. 2006년 CCC에 이어 2009년 TDS, 2011년 PTL, 2014년 OCC가 각각 탄생했다. 2008년 대회 접수는 8, 9분 만에 모두 마감될 정도로 성황이었다. 대회조직위원회는 2009년부터 트레일 러닝 경험이 있는 선수를 대상으로 사전 접수를 한 뒤 추첨을 통해 참가자를 결정하는 방식으로 바꾸었다. 한국에서는 트레일 러닝 선구자인 제주 출신 안병식 디렉터

가 2009년 처음으로 참가해 완주했다.

참가 선수들은 방수 재킷과 비상 음식, 방한 장비, 응급의료품, 호루라기, 생존담요, 헤드랜턴, 식수 등을 담은 배낭을 준비해야 한다. 2010년과 2011년, 2012년에 폭우와 낙석 등 급격한 기상 변화로 대회를 제대로 치르지 못하면서 안전 규정이 더욱 강화됐다. 필수 품목을 갖추지 못하면 감점을 받거나 실격 처리된다. 환경에 대한 관심도 높다. 일회용 물품을 쓰지 못하고 동식물에 대한 배려도 기본이다.

대회 수익금과 기부금은 네팔과 인도, 멕시코 등지 보육원과 아동병원 등에 보내진다. 대회 레이스 과정은 웹TV 등을 통해 실시간으로 중계되고 참가 선수가 어느 지점을 지나고 있는지 인터넷으로 검색할 수 있는 등 첨단 기술도 선보였다.

호주 100km, 배움의 연속

UTMB 완주로 트레일 러닝에 대한 자신감은 상승했다. 주변의 시선에도 변화가 생겼다. 그동안 진짜 실력이 있는지, 긴가민가하면서 바라보던 이들도 어느 정도 인정하는 눈치였다. 지금의 훈련 방법과 방식을 유지한다면 호주 100km 완주는 시간문제로 여겨졌다.

호주 100km 대회는 UTMB 대회에 비해 상대적으로 난도가 낮은 게 사실이다. 하지만 복병이 있었다. 밀림 계곡을 오르락내리락하는

코스로 짜였는데, 코스 약도를 보면서 후반부 오르막을 모두 올랐다
고 생각한 것이 화근이었다. 예상하지 못했던 2번의 가파른 오르막
을 만나자 몸이 무거워졌다. 결승선을 넘을 때까지 한시도 방심해서
는 안 된다는 사실을 몸에 새겼다.

2017년 5월 20일 오전 6시 20분, 호주 뉴사우스웨일스주 카툼바
의 시닉월드. 호주 울트라트레일(UTA) 100㎞ 부문에 도전한 선두그
룹 선수들이 카운트다운이 끝나자 빠른 속도로 치고 나갔다. 남자
941명, 여자 339명 등 1,280명의 선수가 7개 그룹으로 나뉘어 순차
적으로 출발했다.

호주의 대표적인 국립공원이자 세계자연유산인 블루마운틴 산악지대를 오르내리는 극한의 레이스에 돌입한 것이다. 30여 개국에서 선수들이 참가한 가운데 한국에서는 9명, 호주에 거주하는 재외동포 2명 등 11명이 도전장을 냈다.

대회 전날 소나기가 쏟아진 가운데 출발 직전까지 비가 내리는 날씨가 이어졌다. 체감온도는 10도 이하로 뚝 떨어졌다. 완주에 대한 부담과 함께 날씨마저 악조건이어서 긴장감이 더욱 컸다. 여명 속으로 달리기 시작했다. 다행히 해가 뜨면서 비는 잦아들었다.

포장 도로를 벗어나 협곡 레이스에 접어들면서 풍경이 조금씩 눈에 들어왔다. 내린 비 덕분에 수량이 풍부해진 폭포수를 따라 내리막이 하염없이 이어졌다. 지그재그 계단은 물론이고 직각 수준의 절벽을 내려가기도 했다.

오르막 내리막을 반복할 즈음 안개가 서서히 걷히면서 블루마운틴의 진면목이 드러나기 시작했다. 늘푸른나무인 유칼립투스 (Eucalyptus)에 태양 빛이 반사되면서 계곡과 숲에 파란빛이 감돌았다. 블루마운틴이라는 이름이 붙은 이유다. 블루마운틴은 세계 최대 유칼립투스 자생 군락지이기도 하다. 유칼립투스는 수십 m에 이를 정도로 하늘 높이 시원스레 솟았고, 거무튀튀한 나무껍질을 벗고 우윳빛 속살을 드러냈다. 성인 4명이 안아도 손이 닿지 않을 만큼 거대한 유칼립투스도 군데군데 보였다.

유칼립투스 나뭇잎을 주식으로 한다는 코알라는 보이지 않았다.

유칼립투스 잎을 비벼 보니 한라산 특산 수종인 구상나무와 비슷한 상큼한 향기가 났다. 호주에서는 유칼립투스에서 추출한 에센셜 오일을 일상에서 사용한다. 살균과 해충 퇴치, 공기정화용 등으로 사용하는데 국내에서도 수입해서 판매한다.

해발 1,000m가량의 고지에 서자 적갈색의 사암(砂巖)지대 절벽과 함께 밀림이 끝없이 펼쳐졌다. 숲 어딘가에 지구상에서 가장 오래된 나무이자 '살아있는 화석'으로 불리는 '울레미 소나무(Wollemia nobilis)'가 있다. 그 사실을 생각하니 직접 볼 수는 없어도 살짝 흥분

됐다.

고요한 숲의 정적을 깨는 이는 은방울 굴러가듯 낭랑하게, 때론 날카롭게 울부짖는 새들이었다. 국내에서는 좀처럼 들을 수 없는 소리다. 마치 회초리가 빠른 속도로 지나가듯 강한 소리를 내는 동부 채찍새(Eastern Whipbird) 울음은 신기하기만 했다. 공룡시대 익룡의 소리를 상상하게 하는 코카투(유황앵무) 울음소리는 귀가 따가울 정도로 요란했다. 길가에는 뱅크시아 계통의 식물에 노란 꽃이 피었다. 꿀샘이 풍부해 다양한 종류의 새를 블루마운틴으로 불러 모은다고 했다.

주민들이 딸랑거리는 워낭을 열심히 흔들며 선수들의 기운을 북돋아 줬다. 휴일을 맞아 별장에서 쉬고 있던 휴양객도 박수를 치며 환호했다. 초등학교에 갓 입학한 듯한 파란 눈의 어린이는 고사리 같은 손을 내밀어 '하이파이브'를 청했다.

대회 자원봉사자는 어두컴컴한 숲속에 홀로 있으면서도 띄엄띄엄 지나는 선수들의 건강 상태를 먼저 챙겼다. 선수 가족들은 중간에 있는 쉼터에서 열정적인 응원과 지원을 아끼지 않았다. 선수와 가족, 자원봉사자 모두가 축제처럼 대회를 즐기는 모습이었다.

레이스가 중반을 넘어 관광지로 유명한 바위산인 '세자매봉' 인근을 지났지만 어둠이 밀려들어 형태를 확인할 수는 없었다. 70㎞를 넘어서면서 졸음이 쏟아지기 시작했다. 잠시 눈을 붙이고 싶은 유혹을 이겨내야만 했다. 얼굴을 꼬집고 허벅지를 짓누르며 참았다. 1시

간 정도를 견디자 졸음은 어느 정도 물러갔지만 체력이 급격히 떨어졌다.

최종 CP를 지나면서 완주에 대한 희망이 보이기 시작했다. 하지만 10㎞가량을 남기고 급경사 내리막길이 끊임없이 이어졌다. 내려간 만큼 오르막을 올라야 결승선이었다. 끝까지 완주하려면 체력을 안배하고 성급한 마음을 버려야 한다는 생각이 들었다.

마지막 고비는 '퍼버 계단(Furber step)'으로 불리는 가파른 오르막 지역. 1908년 당시 계단을 조성한 토지조사원의 이름을 딴 곳으로 높이 300m, 길이 1㎞에 921개 계단이 놓여 있는 구간이다. 오르고 올라도 끝이 보이지 않았다. 한 계단 오를 때마다 발목에 모래주머니를 찬 듯 무겁기 그지없었다.

중도 포기의 창피함, 완주 후 마실 시원한 맥주 등을 떠올리며 견뎌낸 끝에 결국 결승선을 통과했다. 기록은 21시간 59분 28초. 제한 시간인 28시간 이내 완주에 성공했다. 이 대회에 한국인이 6~7명이 참가한 것으로 아는데 대부분 완주에 성공했고, 한국인 최초 완주라는 공동 타이틀을 얻었다.

이 대회는 호주에서 가장 규모가 크다. 2008년 참가자 174명으로 처음 대회를 치른 이후 이번 대회가 10회째다. 코스의 누적 상승고도는 4,156m. 이번 대회 1위는 8시간 52분을 기록한 미국인 팀 톨렙슨이 차지했다.

결승선을 넘을 때까지
한시도 방심해서는 안 된다는
사실을 몸에 새겼다.

레위니옹 166㎞, 졸음과의 사투

2019년 6월에 이탈리아 라바레도 120㎞ 레이스에 도전했다가 66㎞ 지점에서 제한 시간 초과로 실패했다. 대회를 준비하면서 훈련 강도를 가장 높여야 하는 시기에 독감이라는 복병이 찾아들면서 운동을 제대로 소화하지 못했고 페이스 조절에도 문제가 있었다. 내 자신의 수준을 과대평가하면서 초기에 속도를 너무 낸 것이 화근이었다.

조바심이 들었다. 라바레도 대회에 실패하고 레위니옹 166㎞마

저 실패한다면 세계 10대 울트라 트레일 러닝 대회 목표는 사실상 물 건너 간다. 물론 1~2년 더 여유를 갖고 대회를 준비할 수 있지만 그동안 사용한 경비, 투자한 시간 등을 감안하면 10대 대회 완주에 매달리는 것이 바람직한지 고민이

될 것이 분명했다. 나에게 절체절명의 대회가 레위니옹이었다.

레위니옹은 아프리카 남동부 마다가스카르 동쪽에 위치한 프랑스령 섬으로 인도양 최고봉인 네주 봉우리(해발 3,070m)와 세계 5대 활화산으로 꼽히는 푸르네즈 봉우리가 있는 곳이다. 섬의 43%가 유네스코 세계자연유산이다. 면적은 제주도의 1.4배, 인구는 80만 명 정도로 해양스포츠와 협곡 트레킹을 즐기는 휴양지로 유명하다.

세계 10대 울트라 트레일 러닝 대회의 하나인 '그랑 레드(Grand Raid)'가 2019년 10월 17일부터 20일까지 열렸다. 이 대회 메인 종목인 '디아고날 데 푸(Diagonale des Fous)'는 무려 166km를 달려야 하는 울트라 레이스이다.

디아고날 데 푸는 '미친 사람들의 대각선'이라는 뜻으로, 섬 남쪽에서 북쪽으로 대각선 방향으로 종주하는 코스다. 오르막을 모두 합친 누적 상승고도는 9,600m로 수치상으로 본다면 한라산 관음사 탐방로 코스(누적 상승고도 1,600m)에서 정상인 백록담을 5번가량 왕

복하는 수준이다.

17일 오후 10시 레위니옹 남부 휴양도시 생피에르 해안에서 166km 레이스에 참가한 40여 개국 2,000여 명이 출발 신호와 함께 대장정에 올랐다. 꼬리를 문 선수들의 행렬이 생피에르 라빈 블랑슈 해안 도로에 펼쳐졌다.

코스 옆에는 레위니옹 주민과 선수 지인들이 외치는 프랑스어 응원 구호인 '알리, 알리' 소리와 함께 다양한 관악기, 아프리카 리듬의 타악기 소리로 가득했다. 산간 쪽으로 방향을 틀어 오르막이 이어졌다. 자정을 넘긴 시간에도 사탕수수 농장 마을 주민들이 나와 응원의 박수를 보냈다.

마을을 벗어나자 선수들이 머리에 착용한 랜턴 불빛이 끊임없이 이어졌다. 해발 1m에서 2,100m까지 39㎞에 이르는 길은 오르막으로 이어졌다. 그사이 해가 떠오르면서 어둠에 가려졌던 거대한 화산 분화구 협곡이 모습을 드러냈다. 발아래 시가지로 해가 비치고 양지가 넓어지는 장면이 파노라마처럼 펼쳐졌다. 오르막과 내리막을 반복하는 고난도 코스로 해발 2,000m가량의 봉우리 정상을 5번 지나야 했다.

50㎞ 지점을 지나는 길이었다. 갑자기 낯익은 새 한 마리가 날아와 앉았다. 눈 주변이 흰색인 귀여운 동박새였다. 제주의 텃새이기도 한 동박새를 보니 반가운 마음이었다. 그러고 보니 제주와 닮은 점이 많았다. 분화구는 제주의 오름(작은 화산체)과 비슷했고 삼나무 숲, 길

가에 핀 개망초, 비파나무, 고비고사리도 너무나 익숙했다.

특히 레이스 내내 발을 괴롭혔던 돌길은 한라산국립공원 탐방로나 둘레길 바닥과 다를 바 없었다. 토심이 얕아서 나무뿌리가 그대로 드러난 것도 비슷했다. 레위니옹과 제주가 화산섬이라는 공통분모가 있기 때문이다.

낯익은 모습만 있는 것은 아니었다. 120㎞ 지점 실라오스 협곡에 자리한 해발 2,030m의 마이도(Maido) 절벽을 마주했을 때는 낯선 경관에 압도당했다. 올라야 할 상승 고도는 1,000m가량으로 여의도

63빌딩(높이 250m) 4개를 수직으로 쌓아놓은 위협적인 수준이다. 다리는 천근만근이고 눈꺼풀도 계속 내려앉았다.

이 절벽에서 맞은 오전 11시경의 태양은 너무나 뜨거웠다. 5분을 걷고 2~3분을 쉬면서도 레이스를 포기하지 않았다. 레이스를 시작한 지 38시간이 지난 이때까지 한숨도 자지 못했다. 레이스 구간마다 점검하는 통과 제한 시간에 걸릴지 몰라서 발걸음을 멈출 수 없었다.

험악한 코스도 문제였지만 밀려드는 졸음과 사투를 벌여야 했다. 깜빡 졸면 낭떠러지로 굴러떨어질 위험이 있는 좁은 능선을 지날 때

는 뺨을 수없이 때리고 꼬집었다. 아내와 대화를 나누는 장면이 눈앞에 보이는 환각이 생기고, 배 속에서 위가 "소화하기 편한 음식을 넣어 달라."라는 환청이 들리기도 했다. 부서지기 쉬운 흙으로 된 능선을 보호하려고 등산용 지팡이인 스틱 사용을 금지했기 때문에 의지할 만한 도구도 없었다.

최대 고비로 여겼던 마이도를 넘고서야 코스 옆에서 쪽잠을 청했다. 알람을 맞춰 둔 휴대전화에서 울리는 진동에 잠을 깼다. 깨어난 순간 '나는 지금 어디?', '나는 왜 트레일 러닝 복장을 입고 있지?'라는 생각이 들면서 잠시 혼란에 빠졌다. 3~4분이 지나서야 레이스를 하려고 레위니옹에 왔다는 사실을 인지했다.

주섬주섬 장비를 챙기고 코스에 들어서자 모든 기억이 되살아나면서 정신이 또렷해졌다. 40분의 쪽잠을 잔 뒤 몸도 훨씬 가벼워졌다. 120㎞ 지점을 지나면서부터는 코스 옆에서 쪽잠을 자는 선수들이 부지기수였다.

140㎞ 지점을 지나자 완주에 대한 확신이 들었다. 약도에 그려진 남은 구간은 그리 높지 않아 다소 편할 것으로 여겨졌다. '이제 거의 다 온 듯하다.', '오르막이 심하지 않을 듯하다.'라고 여겼는데 실제 상황은 반대였다. 몸은 더욱 지쳤다. 이런 예단이 종반 레이스를 힘들게 한 화근이었다.

어둠이 깃든 종반 코스는 사람이 깔아놓은 돌을 밟아서 가는 길이었다. 2~3㎞ 정도려니 생각했는데 무려 8㎞가량 꾸불꾸불 이어진 오르막이었다. 나중에 확인해보니 1700년대 레위니옹에 처음 만든 길이었다. 그 딱딱함으로 인해 발바닥, 무릎에 통증이 누적됐다.

결승선이 다가오자 바늘로 찔리는 듯한 무릎 통증이 온데간데없이 사라지고 의식마저 또렷해지면서 세상을 모든 가진 것처럼 가슴이 벅찼다. 심장 박동이 뜨거워지면서 온몸이 새로 충전되는 느낌이었다. 2019년 10월 20일 오전 7시 38분(현지 시간), 레위니옹 생드니 르두트(Redoute) 경기장 결승선을 통과했다. 166㎞ 울트라 트레일 러닝 레이스에 종지부를 찍은 것이다. 생피에르 해안에서 출발한 뒤 57시간 38분 18초 만의 완주였다.

세 번의 밤과 세 번의 아침을 맞이하고 나서야 기나긴 레이스의 끝을 봤다. 시원해지는가 싶더니 추워지고, 따뜻해지는가 싶더니 더워지는 날씨였지만 비를 맞지 않은 것만으로 다행이었다. 화산활동이 만든 경이로운 자연경관, 그 속에서 삶을 만들어가는 사람의 속살을 체험한 귀중한 시간이었다. 몸과 마음의 에너지를 바닥까지 탈탈 털어내는 고난도 코스, 장엄한 경관. 바로 그것이 세계에서 도전자를 끌어들이는 레위니옹 대회의 마력이었다.

레이스 뒷 이야기

사막 같은 오지, 험악한 산지에서 펼쳐지는 레이스에서는 자칫 잘못하면 생명이 위험해질 수 있다. 이런 위험을 극복하는 모험이 트레일 러닝의 묘미 가운데 하나지만 가족은 불안하기만 하다. 귀국했을 때 아내가 밝게 환호해주기에 별다른 생각이 없었는데 사하라사막마라톤 등 해외 레이스마다 가슴을 졸이며 응원했다는 것을 나중에야 알았다.

난도가 높은 UTMB에 참가했을 때 주최 측에서는 코스 중간에 웹카메라를 설치해 인터넷 홈페이지에서 생방송을 할 정도로 수준이 높았고, 앞서 나간 대회였다. 웹카메라가 있는 것은 알았지만 지구 반대편, 제주도에 있는 아내가 보고 있을 것이라고는 상상도 못 했다.

이 웹카메라 앞에서 다른 선수들은 얼굴을 가까이 대고 포즈를 취하기도 했는데, 나는 레이스 제한 시간에 쫓기느라 여유가 없었다. 그런데 아내는 인터넷 홈페이지에서 알려주는 내 기록을 따라다니며 웹카메라를 계속 응시하고 있었던 것이다. 졸린 가운데서도 내 레이스 순간을 캡처까지 하는 순발력을 발휘했다. 홀로 외로이 레이스를 펼친다고 생각했지만 결코 혼자가 아니었던 것이다.

한국인
최초 완주

그란카나리아 125km. 타라웨라 100마일

스페인 그란카나리아 125㎞

스페인 그란카나리아 대회에 접수를 하고 나니 걱정에 걱정이 겹쳐졌다. 한글로 된 정보가 전무하다시피 했다. 이제까지 한국에서 한번도 참가해본 적이 없었다. 대회 홈페이지에 코스 등에 대한 정보가 나와 있기는 했다. 하지만 실제 레이스를 해본 경험자의 후기가 더욱 중요한데 경험자의 정보를 쉽게 얻을 수가 없으니 막막하기만 했다.

더욱이 100㎞가 넘는 레이스 도전은 처음이었기에 긴장감도 극에 달했다. SNS 친구를 통해 현지에 있는 한국인의 도움을 받기로 했지만, 그 한국인은 대회가 열린다는 사실도 잘 모르는 상황이었다. 미지의 세계나 다름없었다. 오직 레이스 자체에 집중하고 대회를 준비했다.

그동안 경험을 통해서 보면 100㎞ 레이스는 50㎞ 지점에서 첫 번째 위기가 오고 75㎞ 내외에서 두 번째 고비가 오는데 그 상태를 견뎌내면 100㎞ 완주가 가능했다. 그런데 이를 초과하는 대회는 처음이어서 어느 수준에서 최고의 위기가 어떤 형태로 닥칠지 감이 안잡혔다. 내가 아는 만큼 준비를 하고 몸으로 부닥치는 방법밖에 도리가 없었다.

2018년 2월 23일 오후 11시, 스페인 그란카나리아 북부 라스칸테라스 해변. '19회 트란스 그란카나리아 125㎞ 대회'에 참가한 다양한 국적의 886명(남자 787명, 여자 99명)이 출발선에 섰다.

코스는 북쪽 해발 1m에서 출발해 1,900m가량의 코스 최고 지점을 통과한 뒤 다시 남쪽 해안으로 내려오는 섬 종단 코스로 짜였다. 10개의 산 정상이나 봉을 오르내리는 동안 오르막을 합한 누적 상승 고도는 7,500m에 이른다. 출발시간은 이례적으로 야간이다. 참가 선수들이 웅장한 섬의 장관을 볼 수 있도록 하고, 다음 날 오후에 골인하는 엘리트 선수들의 레이스 시간 등을 고려한 듯하다.

정열적인 나라답게 응원은 뜨거웠다. 해변을 가득 메운 관람객들은 마지막 선수가 지날 때까지 힘찬 박수를 보냈다. 일부는 축구경기 응원에 쓰는 '부부젤라'를 열심히 불어댔다. 도심을 벗어나자 하늘에 별이 보이기 시작했다. 반달 주변으로 오리온 별자리가 선명했다. 이 방인을 경계하는 개 짖는 소리가 주택가에 울려 퍼졌다. 주택가나 산 길에 계단이 없는 점이 눈길을 끌었다.

해가 뜨기 시작하면서 주변 경치가 서서히 눈에 들어왔다. 다양한 모습의 선인장이 곳곳에서 자라고 있었다. 제주에서 볼 수 있는 손바닥선인장도 보였다. 다육식물인 사기린 유포르비아, 오방락 아에오니움은 그란카나리아가 원산지라 자주 눈에 띄었다. 주택가 주변에서는 용설란과 비파나무, 감귤나무, 레몬나무가 자랐다. 출발 후 40~50㎞ 구간 능선 길과 돌담 등은 제주의 오름(작은 화산체) 풍광과 유사했다.

고도가 높아질수록 풍광은 더욱 수려했고 협곡이 깊은 탓에 산세는 험했다. 계곡 사이 곳곳에 파이프를 설치하거나 홈을 파서 수로를

만들었다. 물이 귀한 섬에서 고지대 식수나 농업용수로 활용하기 위해서다. 그란카나리아 특산인 탁구공 크기의 조그만 감자를 생산하려고 계단 농사를 짓는 모습도 보였다.

거대한 계곡 암벽에는 창고로 쓰거나 원주민이 살았을 법한 인공 동굴이 이색적이었다. 이런 풍광 덕분에 관광객이 몰려든다. 계곡 틈틈이 마을이 형성됐는데, 마을이 위치한 곳은 지름 20㎞ 규모의 거대한 분화구(칼데라) 속이었다.

레이스를 펼친 지 80㎞를 지나면서 체력이 급속도로 떨어졌다. 그

때 해발 1,800m 지점에 우뚝 솟은 거대한 바위가 보였다. 섬 랜드마크의 하나로 '구름바위'라는 뜻을 지닌 로케 누블로다. 67m 높이의 바위는 다가갈수록 웅장함이 더했다.

CP 통과 제한 시간이 임박하면서 마음이 급해졌다. 이번 레이스 CP는 모두 10곳. 도착 시간을 측정해 제한 시간을 넘기면 참가 선수는 더 이상 레이스를 못 한다. CP에서 선수들은 잠깐의 휴식과 함께 음료, 간식 등으로 재충전한다.

어둠이 밀려들면서 레이스는 더욱 고통스러워졌다. 초반에 있던 흙길은 찾아보기 힘들었다. 드문드문 포장길이 있지만 30㎞가량의 후반 코스는 끊임없이 이어진 돌길, 자갈길이다. '지옥의 구간'이라 해도 될 법했다. 국내에서 악명 높은 제주도 한라산 탐방로와 둘레길의 돌길은 '애교' 수준이다.

코스를 이탈했다가 되돌아오기를 10여 차례 하면서 체력 소모가 컸다. 기계적으로 발을 움직일 뿐이다. 제한 시간을 15~30분 정도만 남겨두고 아슬아슬하게 CP를 통과한 탓에 속도를 늦출 수 없었다. 한 발자국을 옮길 때마다 통증이 발바닥에서 종아리, 무릎, 허벅지를 거쳐 몸 전체로 순식간에 전해졌다. 포기라는 단어가 머리에서 떠나질 않았다. 그때마다 '유일한 한국인 참가자'라는 자존심으로 버텼다.

29시간 24분 4초 만에 드디어 결승선을 밟았다. 한국인으로는 처음으로 이 대회에 도전해 완주자가 됐다. 886명 가운데 662등. 성적보다 레이스를 완주한 데 의의를 뒀다. 완주율은 76.6%로 207명이 중도에 기권했다. 스페인의 파우 카펠(노스페이스) 선수가 12시간 42분 8초로 1위를 기록했다.

이 대회는 2003년 시작했다. 첫 대회에 65명이 참가한 뒤 해마다 참가자가 늘면서 스페인을 대표하는 트레일 러닝 대회로 자리 잡았다. 125㎞를 비롯해 64㎞, 42㎞ 등 모두 6

개 종목에 72개국 3,900여 명이 참가했다. 그란카나리아의 수려한
자연환경을 보여주고 참가자에게 도전의식과 색다른 경험을 주기 위
해 2, 3년마다 코스를 조금씩 바꾼다.

그란카나리아는 스페인 라스팔마스주에 딸린 1,533㎢ 면적의 섬
이다. '유럽의 하와이'로 불리는 관광휴양지이다. 자세히 살펴보면 제
주도와 흡사하다. 우선 제주도 면적 1,849㎢와 비슷하고 섬 최고 고
도인 페코데라스 니에베스(해발 1,949m)는 한라산(해발 1,950m) 높이와
거의 같다. 화산 폭발로 섬이 만들어졌다는 공통점도 갖고 있다. 섬
지하수로 만든 먹는 샘물이 유명하고 1차 및 관광 산업이 지역경제
를 떠받치고 있는 것도 유사하다.

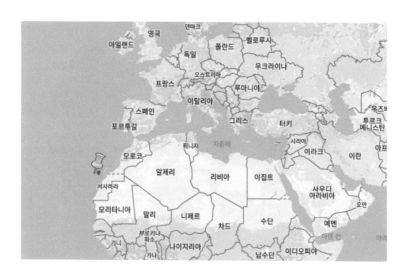

이 섬은 한국 원양어업의 대서양 전진기지로 한국과 인연이 깊다. 선원들이 피땀으로 벌어들여 고국으로 보낸 돈은 나라 발전의 밑거름이 됐다. 1970년대 후반 그란카나리아 등 카나리아제도에서 원양어선 250척, 선원 8,000여 명이 활동했다. 이들이 20년 동안 벌어들인 외화는 8억 7,000만 달러에 달했다.

독일 파견 광부와 간호사가 15년 동안 벌어들인 돈과 비슷하지만 지금까지 제대로 주목을 받지 못했다. 한국 선원의 공로를 기리기 위해 라스팔마스 외곽 산나사로 시립공동묘역에 선원 위령탑이 세워졌으며 선원 101명의 유해가 안치됐다.

뉴질랜드 타라웨라 100마일

스페인 그란카나리아 125㎞ 레이스를 완주하고 나니 또다시 새로운 도전이 기다리고 있었다. 뉴질랜드 타라웨라 100마일 대회였다. 외국에서는 거리 단위로 ㎞보다 마일을 더 선호하는 곳이 많다. 그래서 레이스 거리를 50마일, 100마일로 구분해서 표기하는 대회가 많다. ㎞로 환산하면 80㎞, 160㎞에 이른다. 내가 목표로 하는 세계 울트라 트레일 러닝 대회 가운데 160㎞ 내외 대회가 많은 것도 이 때문이다.

100마일 대회 가운데 첫 번째 도전이자 상당한 고비였다. 남은 대회를 완주할 수 있는지 가늠할 수 있는 갈림길이나 다름없었다. 이전에 완주한 125㎞ 레이스와는 차원이 다를 것으로 예상됐다. 무엇보다 그란카나리아 125㎞ 레이스에서 제한 시간에 턱걸이하면서 완주를 했던 터라 부담이 너무 컸다. 이 대회 역시 한국인 최초 도전이자 홀로 도전하는 것이었기에 정보도 너무나 부족했다. 아니나 다를까. 전혀 경험해보지 못한 새로운 세상에 발을 디뎠고, 이 덕분에 한 단계 더 성숙해졌다.

뉴질랜드 타라웨라 100마일(160㎞) 울트라 트레일 러닝 대회는 로토루아 지역 타라웨라산과 7개 호수 등을 지나는 코스로 짜였다. 제한 시간은 36시간으로 오르막을 합친 누적 상승고도는 5,300m이다.

2019년 2월 9일 오전 4시, 160㎞ 부문에 참가한 각국 선수들이 로토루아박물관 앞에 모였다. 하늘에는 별빛이 선명했다. 우리와 계절이 반대인 뉴질랜드는 여름이었지만 해가 뜨기 전이어서 기온은 초가을처럼 쌀쌀함이 묻어났다. 출발선 앞으로 마오리 원주민들이 나타났다. 특유의 얼굴 표정과 악기 소리로 선수들을 환영하는 공연을 했다. 전장으로 향하는 전사들을 응원하는 춤과 음악처럼 여겨졌다.

출발 신호와 함께 선수들이 함성을 지르며 기나긴 여정의 첫발을 내디뎠다. 시내 중심가를 거쳐 테푸이아 민속촌을 지날 때는 어둠 속에서도 지열 온천인 간헐천에서 솟아나는 유황 냄새를 느낄 수 있었다. 해가 솟아 대지를 비추었지만 원시림에는 여전히 햇빛이 들어오지 않았다. 높이를 가늠하기 힘들 정도로 빽빽하게 자란 나무가 하

늘을 가렸다.

　어둠이 점차 힘을 잃으면서 숲의 모습이 드러나기 시작했다. 땅바닥에는 봉의 꼬리를 닮은 작은 고사리가 있는가 하면 야자수 같은 나무고사리가 지천으로 널렸다. 뉴질랜드에는 190여 종의 고사리가 자생하는데 뒷면이 은빛인 실버 고사리는 마오리 원주민들이 길을 잃지 않기 위해 은빛이 나는 뒷면으로 바닥에 표시를 했던 것으로 알려졌다.

　식민시대에 뉴질랜드가 '고사리 땅(Fern Land)'이라는 별칭으로 불

릴 정도였다는 것이 실감 났다. 지금도 고사리 모양을 나라를 대표하는 문양처럼 각종 상품 등에 사용하고 있다.

숲을 벗어나자 햇빛에 반짝이는 맑은 호수가 눈을 시원하게 했다. 1886년 로토루아 지역 화산 폭발로 지형이 크게 바뀌면서 여러 호수가 만들어졌다. 타라웨라산과 원시림 등에서 빗물이 청명한 호수로 흘러들었다.

이들 호수는 휴양지이자 관광지로 활용되고 있고 일부는 보호구역으로 지정해 일반인 출입을 금지했다. 호수 옆 소나무 숲길에는 어른 손바닥만 한 솔방울이 있는가 하면 노란 벌노랑이 꽃, 미역취, 인동초, 애기범부채 등이 피어 있었다. 일부 코스는 언뜻 보기에 제주의 올레길과 비슷한 풍경을 보여주기도 했다.

50㎞쯤을 지날 때는 호수를 건너기 위해 보트를 탔다. 이동거리가 1.7㎞가량으로 레이스 거리에서는 제외되지만 두 발이 아닌 다른 수단을 이용하는 것은 이색적인 경험이다. 땡볕으로 온몸이 발갛게 타오른 상태로 목장지대를 지난 뒤 다시 숲길에 접어들면서 두 번째 어둠도 찾아왔다.

체력이 고갈되면서 위기감이 높아졌다. 앞뒤 선수와 격차가 벌어지면서 칠흑 같은 어둠에 홀로 남겨졌다. 새끼노루 크기만 한 캥거루가 부스럭거리면서 갑자기 나타날 때는 소스라치게 놀라기도 했다. 머리에 두른 랜턴에서 비치는 한 줄기 빛에 의지해 조심조심 레이스를 펼쳐야 했다.

10여 km마다 마련된 구호소(aid station)에서 간식과 과일, 음료 등을 보충했지만 100km 지점을 지나면서부터는 체력이 급격히 떨어져 졸음과 전쟁을 벌여야 했다. 걸음을 잘못 디디면 원시림 계곡으로 추락할 수도 있는 위기를 여러 차례 넘겼다. 타라웨라 폭포에서 쏟아져 내리는 어둠 속 계곡의 물소리는 시원함보다 공포감을 안겼다.

레이스를 시작한 후 두 번째 맞이하는 해가 떠오르면서 몸은 좀 따뜻해졌지만 졸음의 고통은 더 심해졌다. '졸면 제한 시간에 완주하기 힘들다.'라는 걱정 때문에 천근만근 내려앉는 눈꺼풀을 억지로 잡아 봤지만 소용이 없었다. 결국 코스에 앉아 잠시 눈을 감아 버렸다.

얼마나 지났을까. "아 유 오케이?"라는 말이 바람 소리처럼 귀를 스쳤다. 뒤에 오던 선수가 지나면서 한마디 던진 것이다. 벌떡 일어났다. 시계를 보니 눈을 감은 지 15분가량 지났다. 놀란 가슴을 쓸어내리고 다시 레이스를 이어갔다.

짧은 시간이었지만 몸은 다시 충전된 듯 달릴 힘을 얻었다. 120~130km를 넘기면서는 다시 체력이 바닥으로 떨어졌다. 잠을 자지 못하면 나타나는 현상인 환각, 환청을 경험했다. 나무줄기는 원숭이가 앉아 있는 모양처럼 보였고, 이상한 동물 울음소리도 들리는 듯했다.

근육은 이미 한계에 이르렀다는 신호를 미세신경을 거쳐 머리에 전달했다. 하지만 뇌는 계속 움직이라는 명령을 내렸다. 울트라트레일 몽블랑(UTMB) 등 난도가 높은 대회에서 느끼는 공통사항이 '정신

력으로 버틴다.'라는 것이다. 왼쪽 무릎 부위 근육통으로 걸음을 내딛는 자체가 고통이었다.

결승선을 5㎞ 남긴 레드우드 숲. 세계에서 가장 크게 자라는 레드우드는 미국 삼나무로 불리는 측백나무과 종으로, 그 숲은 유명 관광지였지만 경관과 향기를 느낄 만한 여유가 없었다. 관광객들이 응원의 목소리를 높였지만 속도는 나지 않았다. 기계적으로 스틱에 의지한 채 발을 옮길 뿐이었다.

두 번의 어둠을 헤쳐 나오면서 걷고 뛰었던 레이스의 끝이 느껴졌다. 희한하게 다른 대회와 마찬가지로 결승선을 넘기 직전 온몸의 고통이 순간적으로 사라졌다. 정신도 명료해졌다. 결승선이 마련된 로토루아 에너지이벤트센터에 도착했을 때 완주의 희열과 기쁨은 고통을 연기처럼 날려버렸다. 물론 완주기념품을 받고 숙소로 향할 때, 그때부터 통증은 다시 시작되었지만.

한국인으로 처음 이 대회에 참가해 완주하는 기록을 남겼다. 새로운 도전과 성공이 몸과 마음에 선명하게 새겨졌다. 일상으로 돌아가도 활력과 자신감이 솟으리라는 느낌을 받았다.

로토루아 지역은 온천, 마오리 원주민 마을 등을 비롯해 산악자전거, 래프팅, 번지점프 등 다양한 레저스포츠로 전 세계 관광객을 끌어들이고 있는 곳. '자연을 수출하는 유황 도시'라고 표현할 만하다. 대회 주최 측은 자연환경, 마오리 문화 등과 함께하는 권위있는 스포츠 이벤트로 뿌리내리겠다는 포부를 갖고 있다.

팽창하는
트레일 러닝 시장

트레일 러닝이란

트레일 러닝은 포장도로가 아닌 산, 숲, 들판, 사막, 계곡 등을 걷고 달리는 아웃도어 스포츠이다. 트레일 러닝이라는 용어가 등장하기 이전에는 마운틴 러닝(산악달리기), 펠 러닝(fell running) 등으로 불렸다. 비포장 길을 걷고 달리는 것은 비슷하지만 경기방식이나 코스 등이 조금씩 다르다. 영국 스코틀랜드 지역에서 생긴 펠 러닝은 리본이나 화살표 같은 마킹이 없는 코스에서 치러지는 것이 특징이다.

트레일 러닝이라는 단어를 쓴 단체는 1991년 영국에서 결성된 트레일 러닝협회로 알려졌으며 미국에서는 1996년 미국트레일 러닝협회(ATRA)가 만들어졌다. 최근 트레일 러닝 시장을 확장시키고 있는 국제트레일 러닝협회(ITRA)는 2013년 출범했다. 다른 단체로는 산악달리기협회(MRA)가 있지만 국제트레일 러닝협회가 대회안내, 결과 집계, 회원가입 등에서 강세를 보이며 영향력을 급속히 확장하는 추세다.

트레일 러닝과 유사한 '크로스컨트리 러닝'은 1912년, 1920년, 1924년 하계올림픽에서 각각 개최된 적이 있다. 1924년 파리 올림픽에서 팀별 경기로 펼쳐졌는데 당시 높은 온도, 공장 독성 매연 등으로 문제가 된 이후 올림픽 종목에서 제외되면서 중단됐다. 트레일 러닝이 각국에서 인기를 끌면서 올림픽 종목 선정을 향한 논의가 이뤄지고 있다.

　트레일 러닝 대회 가운데 권위와 명성이 높은 대회를 꼽는다면 유럽에서는 2003년부터 시작한 울트라트레일 몽블랑(UTMB), 미국에서는 1977년 시작한 웨스턴 스테이츠 인듀런스 런(Western Endurance Run)이다. 자신이 먹을 음식을 스스로 해결하면서 달리는 스테이지 레이스로는 1986년 만들어진 사하라사막마라톤(MDS)이 대표적이다.

　트레일 러닝 대회 코스는 5km부터 160km 이상까지 다양하다. '울트라'라는 단어가 붙는 레이스는 마라톤 풀코스 거리인 42.195km 이상인 대회를 말하는데 보통 50㎞ 이상이다. 세계 10대 울트라 트레일 러닝 대회는 100㎞ 이상이 기본이다. 해외 대회의 코스는 160㎞ 내외가 많은데 그들이 자주 쓰는 거리 단위인 100마일(161㎞)에 기인했기 때문이다.

한국의 트레일 러닝

아시아권에서는 중국이 신흥 강자로 급부상했다. 중국에서는 유명 트레일 러닝 대회를 벤치마킹해 자국에서 대회를 개최할 정도로 열의를 보이고 있다. 2019년 홍콩 100㎞ 대회에서 1위부터 3위까지 모두 중국 선수가 차지했을 정도로 엘리트 선수도 늘고 있다. 울트라 트레일 러닝 월드투어(UTWT) 시리즈 가운데 홍콩과 함께 아시아지역 대표 대회인 울트라트레일후지산(UTMF) 등을 통해 마라톤 강국인 일본도 저변 확대에 나서고 있다.

북한에서도 2020년 5월 트레일 러닝 대회를 개최한다고 대내외에 알렸다가 돌연 취소하기도 했다. 북한은 '조선민주주의 인민공화국 트레일(D.P.R KOREA TRAIL)'로 홈페이지를 개설한 뒤 마식령 80㎞, 평양 42㎞, 금강 21㎞, 원산 16㎞ 등 4종목에서 트레일 러닝 대회를 마련했다고 알렸지만 성사되지는 않았다.

한국은 2004년 대한울트라마라톤연맹이 '한라산 트레일런 148㎞'

를 처음 개최하면서 트레일 러닝 등장을 알렸지만 참가자가 적었고 코
스에 상당 거리의 포장길이 포함되는 단점이 있었다. 2012년 제주에
서 100㎞ 트레일 러닝 대회가 열린 이후 트레일 러닝 이름에 맞는
코스로 꾸민 대회가 강원도, 경기도, 경상남도, 부산 등 전국에서 속
속 생겨났다.

유럽, 미국 등지에 비하면 트레일 러닝 대회나 상품 시장, 지원 환
경, 인지도 등이 열악하지만 해마다 증가하는 등산동호인, 드넓은 산
악지대, 편리한 교통 및 숙박 인프라 등을 감안하면 우리도 무한한
잠재력을 갖고 있다.

트레일
러닝
대회 참가

참가 방법과 준비물

다양한 대회에 참가하려면

　국내 각지에서 트레일 러닝 대회가 개최되고 신규 대회도 속속 생겨나고 있는데 마라톤 관련 사이트, 동호회를 중심으로 정보를 공유하는 것이 편리하다.

　해외 대회에 참가하려면 자신이 조금 더 공을 들여야 한다. 관심이 높은 사막마라톤과 관련해서는 안내하고 인솔하는 기획사나 전문가가 있다. 이에 비해 상대적으로 관심이 덜한 일반 트레일 러닝 대회는 그렇지 못하다. 간혹 대한울트라마라톤연맹 등에서 해외 트레일 러닝 대회 참가자를 모집하기는 하지만 정기적이지는 않다. 해외 트레일 러닝 대회에 참가하려면 개인이나 동호회 차원에서 길을 열고 마련해야 할 것이다.

　해외에서 열리는 대회나 동향을 알려면 국제트레일 러닝협회(ITRA) 홈페이지(https://itra.run/)를 활용하는 것이 가장 효과적이다. 세계 각국에서 개최되는 대회가 대부분 게재되고 있다. 여기에 회원으로 가입하면 자신이 해외에서 참가한 대회(ITRA등록 대회), 완주기록 등이 자동으로 빠짐없이 기재된다.

　세계적인 트레일 러닝 대회에 참가하려면 자신의 기록을 증빙해야 하는데 대부분 이 사이트를 링크해서 자신의 기록을 신청서에 기재해야 한다. 한두 차례 해외에 나가는 것이 아니라 세계적인 대회를 목표로 하고 있다면 반드시 필요한 절차이기도 하다.

https://itra.run/

국제트레일 러닝협회(ITRA) 홈페이지

ITRA에 등재된 대회 가운데 지역, 거리, 난도 등으로 구분해서 2014년부터 울트라트레일 월드투어(UTWT) 시리즈 대회가 열리고 있다. ITRA 측은 공식적으로 UTWT와 관계가 없다는 메일 답변이 오기는 했지만 협회나 시리즈를 운영하는 주요 인물들이 서로 긴밀하게 연결되어 있다.

시리즈 대회는 처음 10개에서 시작해 28개(2020년 기준)까지 확대됐다. 월드투어 시리즈 대회가 되려면 대회 코스 거리가 100㎞ 이상으로 2회 이상 개최한 경력이 있는 국제대회가 기본 조건이다. 이런 월드투어 시리즈 대회에 참가한 선수들의 성적으로 세계 랭킹을 매기기도 한다.

장비 갖추기

세계적인 울트라 트레일 러닝 대회는 코스 길이가 대부분 100㎞ 이상으로 준비물에 대한 점검도 철저하다. 준비가 부족하면 바로 안전사고로 연결되기 때문이다. 대회 주최 측은 기상 악화에 대비한 장비를 비롯해 산악지대 야간 레이스를 펼치는 데 필요한 품목 등을 요구한다. 대회 현장에서 사전 등록할 때 꼼꼼하게 장비를 점검하고, 미비하다고 판단되면 장비를 갖추고 다시 점검받을 것을 요청한다. 자연 속을 달리기 때문에 환경 문제에 상당히 민감하고 일부 대회에서는 스틱(또는 폴) 사용을 금지하고 있다. 사막마라톤에서는 기본 장비 외에도 자급자족하는 식량이 필요하다.

2019년 뉴질랜드 타라웨라 울트라 트레일 러닝 대회 주최 측에서 요구한 필수장비는 헤드램프, 긴 양모 윗옷, 긴 양모 바지, 모자(버프 포함), 장갑, 생존용 담요, 방수 재킷, 밴드 또는 반창고 2m 이상, 모바일 폰, 비상식량 등이다. 이 필수 장비들을 갖추고 레이스 이전에 검사를 받아야 한다. 장비를 갖추지 못하면 등록 자체가 거부된다.

최근 트레일 러닝 대회는 대부분 친환경을 표방하기 때문에 대회 주최 측에서 일회용 제품을 제공하지 않는다. 레이스 중간에 제공하는 음료 등을 받으려면 자신이 사용할 컵을 챙겨야 하고 물통 역시 반드시 배낭에 있어야 한다.

검사 장비에는 포함되지 않았지만 트레일 러닝용 배낭, 러닝화 등은 기본이다. 여기에 개인적으로 무릎보호대, 압박 스타킹, 러닝용 스틱 등을 갖춘다. 장시간 레이스로 바닥난 체력을 보강하기 위한 건강 보조제 등도 챙겨야 한다. 선두권을 달리는 프로 선수에 비해 장시간 레이스를 펼쳐야 하는 후미 선수들은 식량 등 보다 많은 물품을 담아야 하기 때문에 배낭이 상대적으로 무겁다.

기상 변화가 심하거나 기온이 낮은 지역에서 열리는 대회에서는 더 많은 준비 물품을 요구한다. 울트라 트레일 몽블랑(UTMB)에서는 방풍, 보온용 의류와 장비 등을 추가로 준비해야 한다. 일본에서 열리는 울트라 트레일 후지산(UTMF)에서는 코스 지도와 휴대용 화장실 용품을 필수 품목으로 정해 놓았으며 레이스 도중 배낭 속 물품을 검사해 벌점을 부과하기도 한다. 호주 블루마운틴 지역에서 열리는 울트라 트레일 호주(UTA) 100㎞ 대회는 야간 도로 레이스에서 야광용 조끼를 반드시 착용해야 하는 등 준비 물품은 대회마다 다소 차이가 있다.

대회 준비물 사례

2014년 사하라 사막마라톤(MDS) 장비와 식량

※이 장비와 물품은 저자가 준비했던 것으로 개인별로 다소 차이가 있다.

✔ 필수장비

- 배낭, 침낭, 램프 및 여분 건전지, 10개의 바늘, 나침판, 라이터, 호루라기, 칼, 소독약, 안티베넘펌프(아스피베닌), 거울, 알루미늄 시트

✔ 조직위 제공

- 조명탄, 소금, 야광스틱

✔ 개인준비물

장비

- 러닝복 상하의, 양말, 스틱, 신발덮개, 모자, 수건(버프), 선글라스, 선크림, 물티슈(코인티슈), 양말, 속옷, 매트, 코펠, 압박 스타킹, 스틱, 스포츠테이프, 종이테이프, 슬리퍼, 방풍 점퍼, 카메라, 필기도구, 치약, 칫솔, 치실, 비상약품(쓸림 방지 연고, 지사제, 소염진통제, 알콜 솜)

식량(14,000kcal 이상)

- 건조식품(20개), 발열팩(20개), 에너지겔(20개)
- 행동식: 에너지 바, 꿀, 미숫가루, 홍삼(분말), 말린 과일
- 간식: 말린 황포, 라면, 초콜릿, 레모나

2018년 스페인 그란카나리아 준비물

※대회 홈페이지에 실린 준비물이다.

✔ 대회 준비물(필수)

Required material:

- ID, passport or driving license (with photo).

- Plastic cup.

- Emergency blanket (minimum 100 cm x 200 cm).

- Headlamp, flashlight or front light (spare batteries required).

- Red rear light (runners shall wear it on their rear side and keep it on throughout the race).

- Mobile phone with enough credit and properly charged battery.

- 1.5ℓ water bottle.

- Plenty of food to eat throughout the race.

- Race number, worn in the front so that it is easily visible.

- Breathable waterproof jacket.

- Cap, bandana, etc.

- Cash (euros).

뉴질랜드 타라웨라 100마일(161㎞) 준비물

✔필수장비
- 헤드램프, 양모 긴 윗옷, 양모 긴 바지, 모자(비프 포함), 장갑, 서
바이벌 백, 방수 자켓, 2m 이상 밴드 또는 반창고, 모바일 폰,
비상식량
✔러닝 및 개인물품
- **의류 및 착용품**: 트레일 러닝화, 러닝화 덮개, 배낭, 러닝복 상하
의, 우비(상하), 반장갑+장갑, 스틱, 무릎보호대, 압박 스타킹, 양
말, 카메라, 맥가이버 칼, 보조배터리(핸드폰, 헤드랜턴)
- **음료 및 식량**: 카페인음료, 비상식량(시리얼 바), 홍삼분말, 비타민
- **의약품**: 진통제, 비상약품(밴드, 바늘, 실, 소독제), 피부연고

2017년 호주울트라 준비물

100마일
완주 가능한
몸을 만들기까지

운동하면서 내가 절실히 느낀 사실은 '흘린 땀만큼 간다.'라는 것이다. 평소에 얼마나, 어떻게 운동했는지가 100㎞ 레이스 완주를 결정짓는다. 경험이 쌓이면 레이스를 조절하고 위기 상황에 신속하게 대처하는 능력이 길러지지만, 100㎞를 완주할 체력이 없으면 이마저도 공염불이다. 체력에는 '우연'이 없다.

문제는 '100㎞를 완주하는 체력을 만드는 방법'이었다. 2015년 홍콩 100㎞ 레이스를 실패하고 이듬해 완주했을 때, 당시 기쁨은 완주보다는 100㎞ 완주에 필요한 운동방법을 알았다는 것에 방점이 찍혔다. 무조건 땀을 흘리며 운동하기보다는 자신이 목적하는, 원하는 방향을 정해서 체계적이고 계획적인 방법으로 진행해야 한다. 초기에는 시행착오를 겪겠지만 포기하지 않으면 나름의 방법, 프로그램을 만들 수 있다.

하루에 30~40㎞씩 3일 동안 100㎞를 완주하는 스테이지 레이스는 2012년 당시 평소 운동량으로도 가능했다. 주중 2회 정도 헬스장의 트레드 밀에서 운동(90분가량)하고 주말이면 오름을 2, 3개를 오르내리거나 한라산 정상을 빠른 걷기로 왕복(18㎞)하면 완주에는 문제가 없다. 물론 완주시간을 앞당기려면 걷기만이 아니라 평지나 내리막에서 달려야 하지만 처음부터 무리하거나 욕심을 내면 몸에 탈이 난다.

스테이지 레이스는 이 정도로 완주했지만 30시간이나 34시간 이내에 완주하는 논스톱 100㎞ 레이스는 달랐다. 완주하려면 빠르게 걷는 거리를 늘리거나 뛰어야 한다. 추가적인 근력운동이 필수였다. 근력운동이 필요하다는 사실을 홍콩 100㎞ 레이스 실패와 완주를 통해 터득한 것이다.

처음에는 허벅지 근육을 키우는 '레그 익스텐션'부터 시작했다. 울퉁불퉁한 큰 근육이 아니라 지구력을 높이는 근력이 필요했기에 낮은 무게(20㎏)에서 횟수를 20~30회씩 여러 차례 하는 방식을 택했다. 물론 주말에는 한라산과 오름을 빠른 걸음으로 돌아다녔다.

운동 방법

홍콩 100㎞ 레이스를 완주하고 나서 스페인 125㎞, 뉴질랜드 160㎞ 레이스 도전을 준비할 때는 조금 더 근력운동을 추가했다. 100㎞ 이상을 완주하려면 보다 많은 근지구력이 필요했기 때문이다. 레그 익스텐션을 기본으로 하고 레그 프레스, 런지를 새롭게 실시했다. 런지는 헬스에서 하체 3대 운동 가운데 하나로 꼽히는데 처음에는 3~4분 정도에서 10분가량 했다.

트레드 밀 시간도 다소 강화했다. 90분 정도에서 대회 한 달 전부터는 최대치인 120분에서 150분으로 늘렸다. 트레드 밀 운동은 평지가 아니라 경사를 서서히 높였다. 후반 60분은 12~15도 정도를 유지했다. 대회를 보름 정도 앞두고서는 주말 트레킹 거리를 30㎞ 내외로 늘려서 1, 2회 정도 수행했다. 10~15㎞ 내외를 반복하는 것만으로는 장거리를 하기가 버겁다. 몸이 장거리 레이스를 기억하도록 만들려면 대회 전에 상당한 거리를 훈련할 필요가 있다.

핵심적인 운동 프로그램들이 있지만 누구에게나 적용 가능한 교과서적인 운동 방법을 찾기는 쉽지 않다. 유명한 운동선수도 똑 부러지는 대답을 내놓지 못했다. 체력조건, 기량 등 개인마다 차이가 있기에 일률적으로 적용할 수도 없다.

여러 곳에서 조언을 구해 실제로 적용해 보았지만 만족스럽지 못했다. 흥미를 갖고 꾸준하게 하는 운동 방법을 스스로 찾아야 했다.

잠들기 전까지 인터넷 검색을 하는 것이 일과였다. 오래 달리는 법, 근지구력 키우는 법, 폐활량 높이는 법 등 기초적인 검색부터 다리 근육을 하나하나 개별적으로 강화하는 방법까지 다양하게 찾아봤다.

검색은 꼬리를 물면서 계속 이어졌고 검색 결과를 헬스장과 주말 트레킹에서 적용하고 시도했다. 수년의 과정을 거치면서 나만의 운동 방식을 만들어갔다. 헬스에서 두 발로 했던 기구 운동에 변화를 줬다. 한 발로 번길아 가면서 히는 방식으로 바꿨다. 한 발로 했을 때 힘이 어떻게 전달되고, 어느 부위에 자극이 되는지 정확하게 알 수

있었기 때문이다. 레그 익스텐션, 레그 프레스 그리고 스쿼트를 한 발, 한 발 번갈아 가면서 했다. 두 발보다는 한 발로 했을 때 운동 효과가 훨씬 높고 효율적이라는 결론을 내렸다.

주중 헬스장에서 트레드 밀 60분, 레그 익스텐션, 프론 레그 컬, 스쿼트를 모두 하려고 하지만 시간이 모자랄 때가 많다. 그러면 근력운동이나 트레드 밀 가운데 하나라도 하려고 노력한다. 헬스장에서 운동을 못 하더라도 점심을 먹고 난 후 사무실이나 빈 공간을 찾아서 한 발 스쿼트 운동만은 반드시 지키려 하고 있다. 상체운동 역시 게을리

할 수 없다. 레이스 과정에서 지치는 다리를 보완하려면 스틱을 잘 활용해야 하는데 스틱을 효과적으로 쓰려면 상체 힘이 받쳐줘야 한다.

대회를 앞두고는 비상 체제에 돌입한다. 레이스 스타트 15~20일 전쯤에 가장 강도가 높은 훈련을 소화한다. 주중 헬스장에서 트레드밀 운동을 120분가량으로 늘리고 근력운동을 반드시 수행한다. 레이스 일주일 전쯤부터는 운동량을 낮춰서 평소 수준을 유지한다. 대회 식전 힘을 소모하지 않고 레이스에서 최대한 체력을 끌어올리기 위한 전략이다.

운동이나 대회 전 훈련을 하면서 최대의 적 가운데 하나는 지루함, 싫증이다. 반복적으로 같은 동작을 되풀이하기에 즐거움을 느끼기가 어렵다. 이 부분을 극복해야 한다. 힘들 때마다 '고통이 없으면 얻을 게 없다.'(No pain, no gain)라는 구절을 되새겼다. 근력운동이든 유산소 운동이든 반복적이고 규칙적으로 진행했다. 적어도 한 달 정도 진행해야 몸이 인식하기 시작한다. 일정한 동작이나 행동이 습관이 되기까지 60여 일이 걸린다는 연구결과가 있다. 운동(걷기, 근력운동)을 습관으로 만들어야 한다.

운동을 지속하면 자신이 알아차릴 수 있을 만큼 몸에 변화가 생긴다. 여기서 재미를 느끼면 앞으로 나아가지만, 반복적인 운동으로 지루함을 느껴서 중도 포기하는 일이 많다. 중도에 그만둔다면 집 안에 둔 자전거는 빨래걸이가 되고 스텝퍼에는 먼지가 쌓인다.

이를 이겨내는 방법으로 '운동 방식의 변화'를 권하고 싶다. 스쿼트 종류만 해도 100가지에 이른다고 한다. 조금씩 변형을 하면서 새로운 근력운동에 도전하고, 자신이 즐겨할 수 있는 방식을 찾아야 한다. 트레킹 코스 역시 특정 코스에 매달릴 필요가 없다. 코스를 다양하게 바꿔가면서 걷기와 자연을 즐기는 자세가 바람직하다. 운동은 다이어트를 위한 수단이 아니다. 매일 먹는 끼니처럼 운동은 건강한 삶을 위한 필수요소이다.

꾸준함이 해답

2019년 6월 이탈리아 라바레도 120㎞ 레이스를 실패했을 때 스스로 원인을 분석했다. 초반에 속도를 내면서 페이스 조절에 실패한 것도 있다. 160㎞를 완주한 뒤라 자만하고 코스 분석을 소홀히 한 부분도 있지만 기량, 능력 부족이 절대적이었다. 반성하면서 당시 완주한 고수들에게 슬쩍슬쩍 묻거나, 때론 단도직입적으로 조언을 구했다. 대답은 '꾸준하게 반복적으로'였다. 어느 정도 예상을 했던 대답이었다.

레이스를 끝내고서도 몸이 너무 가뿐해 보이는 또 다른 고수에게 물었다. "일주일 동안 무슨 운동을 어떻게 했나?" 돌아온 대답에 핵심이 있었다. "매일 10㎞씩 뛰고, 주말에는 30㎞ 내외를 걷고 뛰었다."

매일 10㎞. 이것이 정답이었고 꾸준히 하는 것이 정도(正道)였다.

귀국하는 내내 머릿속은 복잡했다. 뛰기보다 걷기에 익숙한 몸에 변화를 주려면 뛰는 거리와 시간을 조금씩 늘려야 했다. 그러려면 운동 코스가 문제였다. 업무를 시작하기 전이나 마치고 난 후 곧장 운동할 수 있는 코스가 필요했다. 이탈리아에서 귀국하자마자 지도를 뚫어지게 봤다. 5분이나 10분이면 코스에 도착해서 훈련, 운동을 시작할 수 있는 나만의 코스를 만들려고 했다.

수차례 시도와 현장 검증 끝에 차량 매연 없이 숲속을 걷고 달릴 수 있는 도심 코스를 완성했다. 10㎞에서 22㎞까지 가능한 코스다. 방법을 몰랐을 때는 안개 속이나 어둠에 있는 것처럼 막막했지만 이제는 모든 것이 선명하다. 실행만 하면 된다.

마법 같은 운동, 스트레칭 ◀

매일 10㎞. 결코 쉬운 일이 아니다. 일주일에 3회 이상만 해도 성공일 정도였다. 행동에 옮기려고 노력했지만 매일 하지 못했다. 업무에 쫓겨서, 몸 컨디션이 안 좋아서, 날씨가 안 좋아서…. 이 핑계, 저런 변명을 자신에게 늘어놓았다.

10㎞를 하지 못했을 때 대신할 운동을 찾아야 했다. 그것도 아주 효율적인 운동 또는 운동에 버금가는 스트레칭을 물색했다. 스트레

칭 시간을 늘리거나 강도를 높이면 운동 효과가 난다는 사실은 이미 알고 있는 터였다. 여러 종류의 스트레칭을 해보고 실전에서 효과를 검증하는 일이 반복됐다.

사실 스트레칭은 평소에도 자주 한다. 너무나 중요하기 때문이다. 걷기 운동이나 훈련을 마친 후에는 반드시 스트레칭을 한다. 운동으로 지친 근육이나 관절을 풀어주지 않으면 염증이 누적되면서 몸에 해를 줄 수도 있기 때문이다. 가사노동은 물론이고 밭이나 바다에서 일하는 분들도 일을 마치거나 쉴 때 반드시 스트레칭을 하길 권한다.

어떤 스트레칭을 해야 하는가. 보통 스트레칭을 해보라고 하면 어깨나 팔을 돌리기만 한다. 주로 상체를 쓰는 일을 하고 있다면 이런 스트레칭에다 목, 등, 허리를 돌려주며 자극을 줘야 한다.

하체 스트레칭은 누구나 해야 할 정도로 중요하다. 종아리 마사지, 발목 돌리기 등의 기본과 함께 스쿼트, 런지, 바닥에 앉은 상태에서 다리 벌려서 상체를 앞으로 굽히면서 근육을 풀어야 한다. 이 가운데 스쿼트와 다리 벌려 상체 앞으로 굽히기에 주목했다. 시간과 강도를 높여 운동 수준으로 끌어올렸다. 3, 4개월을 지속한 결과 효과는 놀라웠다. 헬스장에서 운동하지 않은 채 시험적으로 이들 기초 근력운동만을 수행한 결과 몸이 심각하게 처지지 않았다. 헬스장에서 운동한 효과와 비슷하거나 예전보다 더 나은 성과를 거뒀다. 이런 스쿼트 등은 무엇보다 시간, 장소에 구애받지 않고 실행이 가능한 장점이 있다.

다리 벌려서 앞으로 상체 굽히기는 평소에 쓰지 않던 하체 뒷근육을 단련시켜줬다. 근육이 더욱 강해지면서 오르막이 수월해졌다. 처음에는 힘들다. 마음을 느긋하게 먹고 매일매일 해보길 권한다. 한 달이면 상당한 각도까지 허리를 굽힐 수 있고, 다리를 좀 더 넓게 확장해서 반복하면 하체 뒷근육이 탱탱해지는 것을 경험한다.

개인적으로 가장 중요하고 효과적으로 여기는 것은 헬스 핵심 운동의 하나인 스쿼트. 역기 같은 무게를 지고 앉았다 일어섰다를 하면서 울퉁불퉁한 허벅지 근육을 만들기 위한 스쿼트가 아니다. 무게

없이 하는 것이 무릎 부상을 예방하면서 근지구력 향상에 도움이 된다고 믿고 있다.

어떻게? 한 발 스쿼트가 효과적이라고 생각한다. 처음에는 무릎을 많이 굽히기 힘들다. 균형 잡기도 어렵다. 반복이 답이다. 반복하다 보면 좀 더 굽힐 수 있고, 균형 잡기도 수월해진다. 무릎과 허벅지 근육 향상뿐만 아니라 발목 근육까지 생기면서 산행이나 달리기에 필요한 균형감각까지 얻을 수 있다. 지면에 닿지 않은 다른 발을 앞으로 또는 뒤로 해서 스쿼트를 해야 한다.

강도는? 개인 차가 심하기 때문에 자신의 몸 상태를 먼저 알아야 한다. 우선 처음 시도를 했을 때 허벅지나 엉덩이 근육에 살짝 통증이 느껴지는 횟수를 기본으로 정한다. 그 횟수를 매일 반복하다 보면 수월하게 느껴질 때가 있다. 그 후에 시간이나 횟수를 조금씩 늘려야 몸에 무리가 없다. 하루에 실행할 시간이나 목표 횟수를 정하는 것도 좋은 방법이다. 한 발 스쿼트가 익숙해지면 무릎을 더욱 굽히는 방식으로 강도를 높인다. 효과는 더욱 높아진다.

앉아서 다리 벌리고 상체 앞으로 굽히기, 한 발 스쿼트 등은 저자에게 마법 같은 운동이지만 기본일 뿐이다. 강도를 높이거나 더욱 다양한 운동 방법을 찾아서 실행해야 과거보다 훨씬 수월하게 100㎞ 이상 울트라 레이스를 마칠 수 있다는 것을 안다. 물론 매일 10㎞ 이상을 달린다면 최상의 결과를 얻을 것이다.

트레일
러닝
실전에서

한라산등산학교에 다니면서 배운 내용 가운데 하나가 문제가 생기면 즉시 해결해야 한다는 것이다. 등산화 바닥에 자갈 조각이 들어온 것을 알면서도 신발 벗기가 귀찮아서, 조금 더 산행한 다음에 꺼내도 된다고 생각한다면 커다란 오산이다. 그 조그만 조각이 발바닥에 상처를 입히고, 더 이상 산행을 진행할 수 없는 지경에 처한다.

이런 노하우를 사하라사막마라톤에서 그대로 활용했다. 신발 안에 쌓인 모래를 털어내는 것을 귀찮아했다면, 발에 상처가 생기고 그로 인해 완주하지 못했을 가능성이 있다. 트레일 러닝을 하다 보면 신발 안으로 흙이나 돌 조각 등이 자주 들어온다. 참거나 기다려서는 안 된다.

코스를 이탈했을 때도 마찬가지다. 홍콩 100㎞ 대회에서 코스를 이탈했을 때, 중간쯤에서 코스를 안내하는 표지가 안 보여서 이상하게 여겼다. 그때 멈추고 되돌아갔어야 했다. 혹시나 하는 마음에 더욱 전진했다가 결국 체력이 바닥나면서 중도 포기한 요인 가운데 하나가 됐다. 이를 거울삼아 스페인 그란카나리아 대회에서는 10여 차례 코스를 이탈했지만 체력 소모가 덜했다. 이상하다고 느낀 순간 표지를 확인할 수 있는 지점까지 되돌아가서 레이스를 진행했기 때문이다.

산속이나 야간에 레이스를 해야 하는 울트라 트레일 러닝 대회에서는 예기치 못한 돌발 상황이 자주 발생한다. 가능하면 신속하게 해결하는 것이 최고의 대응이다.

페이스 조절

이탈리아 라바레도 대회에 실패한 이유 가운데 하나가 '페이스 조절' 문제였다. 완주시간을 다소 단축해볼 욕심으로 초반에 속도를 낸 것이 화근이었다. 페이스 조절은 울트라 레이스에서는 필수적으로 고려해야 하는 부분이다. 자신의 체력과 한계를 인식하고 완주 거리에 맞게 속도를 맞춰야 한다. 사전에 코스와 지도를 보면서, 어느 구간에서 속도를 내고 줄여야 할지 시뮬레이션을 해야 한다.

지친 체력을 다소 보강할 수 있는 CP를 활용하는 것도 방법이다. 쉬는 시간과 먹을 음식을 점검하고, 체력회복에 도움을 주는 에너지 보조제도 신중하게 선택해야 한다. 몸에 좋더라도 무게가 무겁다면 레이스에 지장을 줄 수도 있다.

평소 트레일 러닝은 물론이고 산행에서도 '지치기 전에 쉬고', '목마르기 전에 마시고', '배고프기 전에 먹고', 이 세 가지가 중요하다고 이야기한다. 대회에서도 마찬가지다. 지침, 목마름, 배고픔을 참고 이미 상당히 진행된 후 보충을 하려면 회복이 더디다. 조금씩 자주 보충을 하는 것이 실전 레이스에서 중요한 부분이다.

오르막 내리막

제주에서 100㎞ 트레일 러닝 대회가 처음 열렸을 때 로드 마라톤을 하는 지인이 불평하는 소리를 들었다.

"어떻게 이런 코스에서 달리기를 하라는 거냐."

아스팔트를 달렸던 마라토너에게 돌무더기가 펼쳐진 길과 심한 오르막 내리막이 반복되는 코스는 전혀 익숙하지 않았던 것이다.

트레일 러닝에서 오르막 내리막은 기본 중의 기본이고 돌길 역시 반드시 포함된다. 사고도 이런 구간에서 자주 발생한다. 비가 오거나 길이 얼면 더욱 위험해진다. 트레일 러닝에는 이런 모험의 의미도 있다. 트레일 러닝의 매력과 모험, 두 가지를 온전히 느끼면서 완주하기 위해서는 스스로 안전을 지켜야 한다.

돌길 구간에서는 신경을 더욱 집중할 수밖에 없다. 발을 내디딜 돌의 위치를 순간순간 재빨리 결정해야 한다. 한순간 삐끗하면 대형 사고로 번질 수 있다. 돌길을 달려야 하는 상황이라면 평소에 상당한 경험을 쌓은 뒤에 실전에서 적용한다. 오르막 구간에 비해 내리막 구간에서 사고 위험이 높다. 세계 10대 울트라 트레일 러닝 대회에서 제한 시간에 완주하려면 내리막 구간을 달릴 수밖에 없다. 물기가 있는 나무뿌리나 줄기는 상당히 미끄럽기에 발을 딛는 데 조심해야 한다. 평지보다 빠른 속도를 내야 하기에 잡념이 있어서는 안 된다. 오직 착지할 곳에 신경을 집중해야 한다.

오르막은 속도가 다소 느려지기에 사고 위험은 줄어들지만 체력적인 소모가 심하다. 물론 세계 톱 랭커 선수들은 내리막이든 오르막이든 달린다. 선두그룹은 시간당 10㎞가량의 평균 속도를 내기에 웬만한 오르막은 뛰어서 넘는다. 하지만 완주를 목표로 하는 중간 그룹 이하 선수들에게 오르막을 내달리기는 버겁다. 오르막에서 한 발을 내디딜 때 다른 발을 잠시 쉬도록 하는 레스트 스텝(rest step)이 레이스 중후반에 유용하게 쓰일 수 있다.

트레일 러닝에서
오르막 내리막은 기본 중의 기본이고
돌길 역시 반드시 포함된다

응급상황에서의 휴대장비 활용

2021년 5월, 중국에서 안타까운 소식이 전해졌다. 중국 북서부 간 쑤성 바이인시 황하 석림 고산지역에서 열린 100㎞ 산악마라톤대회 에서 세계적인 유명 트레일 러닝 선수인 량징(Liang Jing·31세) 등 21 명이 숨졌다. 폭우, 강풍, 천둥이 예고된 일기예보에도 불구하고 주 최 측이 대회 강행이라는 무리수를 둔 것이 화근으로 보였다. 선수 들이 비상용 은박지 담요를 둘러썼지만 강추위를 막진 못한 듯했다.

이 소식을 들으면서 내가 참가했던 2016년 홍콩 100㎞ 대회가 영 상이 겹치듯 떠올랐다. 덥고 습한 홍콩 산악지역에 눈발이 날릴 정도 로 수십 년 만에 강추위가 찾아왔다. 제주에서는 폭설로 수일째 공항 이 마비되는 비상사태가 발생한 때였다. 이 대회 구간 마지막 체크포 인트에서 주최 측이 선수 안전을 고려해 진행을 중단시켰다. 후송차 량을 기다리는 시간 동안 선수끼리 몸을 맞대고, 화장실 구석 구석에 박혀서 저체온증을 견뎌야 했다.

당시 대회 주최 측에서는 강추위에 대비하도록 수일 전부터 선수 들에게 당부하는 문자와 메일을 보냈다. 나는 추위에 약한 터라 더 욱 긴장을 하면서 주최 측에서 요구한 준비물 외에도 비상 물품을 보 강했다. 배낭 무게가 더 나가더라도 안전이 우선이기 때문이었다. 방 풍용 상하복 외에도 고민 끝에 대용량 보온용 충전배터리를 담았다. 이게 '신의 한 수'가 됐다. 배터리가 소진될 때까지 저체온증을 막아

준 효자물품이었다.

트레일 러닝 대회에서 응급상황에 대처할 수 있는 비상물품은 필수다. 유럽 등 이름 있는 대회 주최 측에서는 까다로울 정도로 꼼꼼하게 점검한다. 필수 준비물 외에도 개인적으로 비상물품을 준비해야 한다. 대회가 열리는 지역이 아열대, 열대지역일지라도 산악지대가 대부분 포함되기 때문에 추위에 대한 대비를 해야 한다.

물이나 비상식량도 배낭에 항시 있어야 한다. 스페인 그란카나리아 125㎞ 대회에 참가했을 때 중반 구간에서 물을 보충하는 시간 계산을 잘못했다. 물이 떨어지자 야간에 보충할 방법이 없었다. 갈증이 극에 달할 때쯤 길가에 있는 레몬을 따서 그대로 씹어 먹었다. 인생에서 맛본 신맛 가운데 최고가 아니었나 싶다. 레몬 서너 개로 수분을 보충한 끝에 체크포인트에서 물을 공급받았다. 이 대회 중후반에는 산간지대에서 갑작스런 소나기를 맞이했는데, 비상용으로 챙긴 우비가 없었다면 더욱 고생스런 레이스가 될 뻔했다.

'유비(有備)무통(無痛)'이다. 다소 성가시고 신경이 쓰이더라도 응급 비상물품 구비는 필수사항이다.

트레일 러닝
대회를 집어삼킨
코로나19

신종 코로나바이러스 감염증(코로나19) 사태가 마치 '블랙홀'처럼 모든 것을 빨아들였다. 지구촌 곳곳으로 번지면서 너무나 당연하게 여겼던 일상을 송두리째 빼앗았다. 스포츠계 역시 상당한 타격을 입었다. 무(無)관중이 당연해지고 경기를 할 수 있다는 것만으로 감사해야 하는 상황이 벌어졌다.

트레일 러닝 대회 역시 예외는 아니다. 나는 당초 2020년 세계 10대 울트라 트레일 러닝 대회 가운데 4월 일본 후지산에서 열리는 후지산 울트라트레일(Ultra Trail Mt. Fuji·UTMF), 6월 이탈리아 담페초에서 열리는 라바레도 울트라 트레일(Lavaredo Ultra Trail·LUT) 등 2개 대회를 예약했었다.

UTMF는 레이스 거리 164㎞, 누적 상승고도 7,560m로 제한 시간이 47시간이다. 상승고도에서 알 수 있듯이 난도가 높은 대회이다. LUT는 레이스 거리 120㎞, 누적 상승고도 5,800m인 대회로 제한 시간이 30시간이다. 알프스산맥 남부 지역 작은 마을에서 출발해 돌로미테를 경유하는 코스로 짜였는데, 이 역시 오르막 내리막 경사가 심해서 내 기량으로는 제한 시간 내 완주를 장담하기 힘든 대회였다.

초기에 코로나19 사태가 이탈리아 북부 지역에서 심각하게 번지면서 LUT 대회는 진즉에 취소됐고, 일본 대회 주최 측에서는 '혹시나' 하는 기대감을 갖고 대회 취소를 미루다가 결국에는 포기했다. 2개 대회 모두 2019년에 어렵사리, 겨우겨우 등록을 마친 터였기에 너무나 아쉬웠다. 대회 등록에 필요한 포인트는 충분했지만 언어소통,

인터넷 오류 등으로 등록이 되지 않았다가 주최 측에 협조를 요청하고, 사실관계 확인 등의 메일을 통해 가까스로 성사시킨 것이다. 힘들게 준비했기에 대회 개최 불가 소식은 속상했지만 상황 자체가 어찌할 수 있는 문제가 아니었다. 대회가 재개되기를 기다릴 뿐이었다.

이들 대회는 물론이고 2020년 국내외 트레일 러닝 대회가 대부분 취소됐다. 국제트레일러닝협회(ITRA) 자료에 따르면 2013년부터 2019년까지 195개국에서 무려 25,700개 대회가 열렸고 참가자만 200만 명에 달할 정도로 급성장세를 보였다. 국제육상경기연맹에서도 트레일 러닝은 2010년 이후 가장 빠른 속도로 성장한 스포츠로 인정할 정도였지만 코로나19로 기세가 순식간에 꺾였다.

코로나19 사태로 재택 근무, 화상 회의 등 비대면 작업이 일상이 되는 변화가 생겼다. 뉴노멀의 시대, 트레일 러닝에서도 새로운 바람이 불었다. 자신의 거주지 주변에서 홀로 레이스를 즐기고 공유하는 '버추얼 레이스'(virtual race)가 순식간에 퍼지기 시작했다. 주최 측에서 기본적인 거리, 상승고도, 제한 시간 등을 정해주면 자신이 직접 코스를 선정해서 레이스를 하는 것이다. 레이스가 가능한 시간과 코스를 자신이 정할 수 있기에 상당히 자유롭다.

버추얼 레이스는 수년 전 미국의 한 고교에서 '우편활용 공모전'에 당선된 아이디어로 알려졌는데 코로나19 사태를 맞아 기획사, 아웃도어 업체, 레이스 장비 업체 등이 이벤트 형태로 도입했다. 대회가 다양해지면서 경쟁심을 돋우기 위해 '24시간에 가장 먼 거리', '24

시간에 가장 높은 누적 상승고도' 등의 종목이 등장하기도 했다. 자신의 레이스 기록을 대회 주최 측에 보내면 되는데 GPS(위치항법시스템)의 발달로 위치 기반 애플리케이션을 손쉽게 활용하게 되면서 가능해진 것이다.

버추얼 레이스가 활발해졌지만 대회 현장에 대한 갈망이 줄어든 것은 아니다. 거친 숨을 몰아쉬면서 함께 달리고, 고난을 넘고, 격려하는 순간을 고대하는 그리움을 잠시 내려놨을 뿐이다. 백신 접종으로 코로나19를 극복하는 길이 보이면서 2021년에 대회가 서서히 기지개를 켜기 시작했다. 주로 자국민이 참가하는 대회로 재개되고 있는데 세계 각국 트레일 러너가 참가하는 축제도 머지않았다.

거친 숨을 몰아쉬면서 함께 달리고,
고난을 넘고, 격려하는 순간을 고대하는
그리움을 잠시 내려놨을 뿐이다.

세계 10대 울트라 트레일 러닝 대회

● **제29회 사하라사막마라톤**(MDS: Marathon Des Sables)

장소 모로코 와르자자트
종목 244km
기록 🗓 2014년 4월 / ⏱ 62시간 35분 13초

● **홍콩 울트라트레일레이스 100km**

장소 홍콩
종목 100km
기록 🗓 2016년 2월 / ⏱ 22시간 5분 00초

● **울트라트레일마운틴몽블랑**(UTMB)

장소 프랑스 샤모니, 이탈리아, 스위스
종목 101km
기록 🗓 2016년 9월 / ⏱ 26시간 27분 29초

● **제10회 호주 울트라트레일 100km**(UTA)

장소 호주 뉴사우스웨일스 주
종목 100km
기록 🗓 2017년 5월 / ⏱ 21시간 59분 28초

● **제19회 트란스 그란카나리아**

장소 스페인 라스팔마스 주(그란카나리아)
종목 125km
기록 🗓 2018년 2월 / ⏱ 29시간 24분 04초

타라웨라 100마일

장소 뉴질랜드 로토루아
종목 160km
기록 📅 2019년 2월 / ⏱ 35시간 07분 08초

그랑레드(Grand Raid)

장소 프랑스령 레위니옹(아프리카 남동부)
종목 166km
기록 📅 2019년 10월 / ⏱ 57시간 38분 18초

Lavaredo Ultra Trail 🏃

장소 이탈리아 담페초
종목 120km

울트라트레일 마운틴 후지(UTMF) 🏃

장소 일본 후지산
종목 164km

The Western States 100-Mile Endurance Run 🏃

장소 미국 캘리포니아
종목 160km

🏃 코로나19로 대회 연기

제주 울트라 트레일 러닝 대회

제주국제트레일러닝대회
종목 100km
기록 📅 2012년 / ⏱ 완주

제주국제트레일러닝대회
종목 100km
기록 📅 2013년 / ⏱ 완주

제주국제트레일러닝대회
종목 100km
기록 📅 2014년 / ⏱ 완주

트레일런 제주-100km
종목 107km
기록 📅 2015년 10월 / ⏱ 16시간 50분 40초

울트라트레일 마운틴 한라-UTMH
종목 98km
기록 📅 2015년 11월 / ⏱ 23시간 23분 38초

트레일런 제주-100km

종목 160km
기록 📅 2016년 10월 / ⏱ 17시간 59분 06초

트랜스 제주-100km

종목 166km
기록 📅 2017년 10월 / ⏱ 23시간 20분 45초

트랜스 제주-111km

종목 120km
기록 📅 2018년 10월 / ⏱ 27시간 20분 09초